关东之恋

芦　萍 ◎ 著

长　春　出　版　社
全国百佳图书出版单位

图书在版编目（CIP）数据

关东之恋 / 芦萍著. -- 长春：长春出版社，2025.

1. -- ISBN 978-7-5445-7723-6

Ⅰ. I227

中国国家版本馆CIP数据核字第2024ZJ7913号

关东之恋

著　　者　芦　萍

责任编辑　程秀梅

封面设计　宁荣刚

出版发行　长春出版社

总 编 室　0431-88563443

市场营销　0431-88561180

网络营销　0431-88587345

地　　址　吉林省长春市南关区长春大街309号

邮　　编　130041

网　　址　www.cccbs.net

制　　版　长春出版社美术设计制作中心

印　　刷　长春天行健印刷有限公司

开　　本　880mm×1230mm　1/32

字　　数　311千字

印　　张　12.875

版　　次　2025年1月第1版

印　　次　2025年1月第1次印刷

定　　价　69.80元

目　录

第二辑 人生礼仪

第五辑　新时代的中国老年人

第一辑

在故乡的土地上

悠悠的拖船（一）

一生都在浪尖上行走
不癫狂，不气馁，也不宣扬自己的节奏
超负荷行驶使自己过早的衰弱
还痴迷地恋着大江的鹤寿
连冬眠还睡守着寒江
枕着冰雪闭着眼睛把春天等候
你的缄默是永不想解开的纽扣
从不袒露爱的风流

你具有江声帆影的风姿
拖着煤山、菜海去与城郭邂逅
坦荡的胸怀海含着男子汉气魄
一心一意地追捕期望的码头
从来没有使自己轻松过、温情过
扩张的豪情成为馈赠的好酒
一直把江拖瘦了
还是默默地载负着人间的隐忧

悠悠的拖船（二）

浪中路啊，路中浪
不断地打湿了船手的强悍
沉重的货物与凝重的情感
都在等待着拖船
载负着岁月的航线
越有沉重感越是缄默
硬朗的汉子饱经沧桑
夜长长、阅历了有名有姓的祭典
路漫漫、转瞬即逝的旅途风烟

吃水量最大的莫过于拖船
一个民族沉重的夙愿
悠悠地拖了几千年
把贫困拖进夕阳的梦里
把憧憬拖进朝霞的港湾
拖窄了两岸村舍的忧虑
拖宽了遥远的风景线
擦肩而过的是陈旧的陋习
迎面而来的是起吊机的慰勉

哪个拖船手不眷恋两岸的红高粱

让阳光与月色把酒杯斟满
哪个拖船手不害怕水瘦季节
民族的抱负在岁月中搁浅
只要船上装卸着奋发意识
只要航线有自己的丰碑
就不怕苦涩汇聚在浪与浪之间

超负荷也要挺直脊梁
船手有压不弯对大江的虔诚
人生旅途没有多少装饰
马达就是拖船炽热的华冠
只要顺利地到达信念中的彼岸
就不怕自己低微平凡

为了使船越过历史痛楚的伤口
走向灯火辉煌的港湾
满船人都在深沉地思考
用那滚动高拔的云烟
吆喝声是删节后的警句
在江面上洪亮得一尘不染

船 侣

我们都是有桨有帆的旅人
大江提供了成串的憧憬
三等舱狭窄得能把江月压扁
旅人的心宽阔得接纳半个世纪的风尘
不管是男性女性故里异乡
结为船侣就有征途的缘分
邂逅的珍贵是因为分道扬镳
绵绵絮语可使感情变形
区域与区域联结人与人相识
一个方格室装满了一个世界的悲喜
一个床铺躺下一个遥远的小村

同舟共济者很少有渴望
我喝了你的豪爽
你吃了我的清醇
萍水相逢也有心灵的根

每个渡口都有亲人的呼唤
每个港湾都系结着爱的低吟
今夜太短，快入梦
明晨，各自都有远方的回声

江边女人

通河江堤是女人用手搓出来的
把大江水搓热了几百里
小木槌与青石板敲出来的纯洁
晾晒在行船上归人的眼里
每个阶梯都是顾盼的场所
在泡瘦了的发辫中溢出点点欢愉

过去只能从高粱秸墙中偷视
被捆绑的世界，今天在江边公园
敢在众人视野里摆动优美的身躯
年轻女人敢把手伸进归人的胳膊中
夹着塞北人的雅兴与异趣

别与聚像天上的月有阴有晴
喜与忧像水底的月有圆有缺
每个旋涡都是通河女人闪动的耳环
每片网上都跳跃着摇橹人的渴望
不管是涨水、落水、开江、封江
江堤总是蕴藏着永不冻结的机遇

小村遗风

这个小村早把纽扣故事丢了
年轻的妇女常常敞开胸怀
大大方方地谈吐山民的变化
在河边洗衣服撩拨起的水花
也会打湿你的感情

过去这里的女人可不能随便丢纽扣
丢了一个纽扣就会丢失了女人的安宁
七嘴八舌地在扣眼里写文章
叽叽喳喳地嘴对耳地成册装帧
扣眼里荒芜了女人的青春

这条无形的绳索
世世代代锁着贞节牌坊
拴着年轻寡妇凄苦的命运
连老大娘额头上的深深皱纹里
也渍红了被命运摆布的忠诚

今天，也许是用尼龙丝线缝连之故
怎么扯动都丢不了纽扣

它拴住了年轻人充满风趣的黄昏
扣住了灿烂的岁月
扣住了爱的纯真

通河码头

季节性的拥挤
这里有滋有味
每条船驶来就会挤掉娇羞
输送远去的缠绵
接纳进来的豪迈
岁月的输送带运转着通河人的春秋
你是松花江腰间佩带的一把宝刀
切割贫困从不棘手

深层次语言在港口中沉浮
瞳孔对着瞳孔把心门轻叩
每个大铁圆桩系结着
又粗又壮的开放意识
使顶风船栖息在沙洲
长板凳拥挤着滚烫的嘱咐
货物与深情把船装得直晃摇
潮湿的往事在岸边
晾晒成一座纪念碑
历史折叠起来根植在土地里
一簇簇大芍药花开满了江洲

这里盛产耿直与朴实
哪怕冬天很渴
把冰雪堆积成方块文字
一片片银白的启示
一串串脚窝的联想
意象的组合展示出通河人的运筹

通河人喜欢在水上扎猛子
喜欢在深层次的意念中投放底钓
码头足以拴住边塞人的恋情
一串串水漂花就是抛出去的探求
黄昏开始接纳酣畅与柔顺
多少希冀在码头等候

少陵河重逢

仍在故乡显示你的娉婷
没腰深的蓬蒿眷恋你的丰润
好像你还是一位塞北的少女
躺在更迭的岁月里十分虔诚
游子曾挥霍过年华的思念
摇热了八月的风
红高粱在心地里早已红透了
有平衡的理智却没有平衡的恋情
往日我们是青梅竹马
今天一个是斑白双鬓
一个是花草如茵
重逢之时必有初逢之忆啊
垂泪之情成了无声的叮咛

等待一次又一次童年的苏醒
一脚就踏醉了你的韧性
深夜，你在芦苇塘边有过多姿的梦幻
清晨，你又美化了故乡的憧憬
柳条沟里鲤鱼依然肥美
塔头墩上芳香犹存
四十年的风雨别离蒿苇层深啊

日日夜夜地呼唤我的小名
人生能走多少路呢
有高山阻挡，有大江拦截
在狭窄崎岖的奋进中
我仍然提一盏闪闪烁烁的灯

小村年鉴

江湾给小屯镶了边
几千年的边还是蛮荒
二八月庄稼人加流浪汉
组成的村庄盛产粗犷
这里的爱情很昂贵
谁也不愿嫁给光棍郎
有几位逃荒的姑娘来到这三角洲
才把喜字贴上了墙

塞北这个神经末梢处
突然开放意识猛涨
益母草进了制药的作坊
几家饭店也在挂幌开张
一条新建的大路
围绕着火红了的日子
伸直了几代人弯曲的渴望

过去小村人家家户户
防火防盗防干部
今天小村人户户家家
欢迎远来的能人与闯将

小村人的情与爱可有不少积蓄
每个年轻人的心中都有佳酿
走出去的是船
请进来的是港

通河落日

江鸥的翅膀用辉煌拍打着黄昏
西天默默染红了奇峰
四轮车在山道上驮着苍茫落日
拉回来无名无姓的豪情

通河，具有浩瀚意识、酣畅意识
要么，落日无际积雪无垠
要么，就是接连不断地喊山嗓音
闯山的汉子用火辣辣的倩影
摇曳着永不冻结的年龄

古城墙边农贸大棚
用落日辉映惬意
家家已煮沸了一锅塞北的甜羹
十几里沿江大堤
用迪斯科送别落日
在快节奏的生活中深沉了记忆
银河系开始把通河接到天上
去喂一喂牛郎织女的饥渴
架喜桥通河人的脚步没有颤音

把叹息与艰辛
都埋在陶罐里发酵
懒汉最怕女人潇洒的眼睛
期望与祝愿在落日的缝隙间窥视
通河人用唢呐松弛着一日的神经

小镇之夜

小镇之夜也有闪光的辙迹
弯弯曲曲地伸延着记忆
月亮是位有魅力的故事员
在没云的天边讲起出山的异趣
街道上清静得像一条山谷中的河
每个窗口都有幽深的寄语

浪迹天涯的人大群大群地归来了
把小镇旋转得阵阵沉迷
归途是为了寻找知音
每个敲门声都与思念相撞
知音走进夜，袒露真诚
留下难以忘怀的踪影
夜走进知音，降下帷幕
奉献与索取成了人生的双翼
停歇是一条无桨的船
漂泊在沉沉的梦里

磨砺了岁月的艰辛
艰辛才把锋刃赐给甜蜜
小镇的每条小巷才这样幽深

那沏的茶水与沸腾的话题
染浓这斑斑驳驳的月色
纯真的回归线尽管坎坷
小镇又很快地迎接晨曦

属　性
——写给妻子孙峰

你是七月猴，我是七月羊
命运很惬意让我们同窗
你咬破了古老的世俗
我啃走了岁月的寒霜
人生你吃了多少蟠桃果
把所有的甜蜜汇聚在小作坊

关紧门闩，阳台上摆满了月季花
敞开房门，飘溢着一个家的芳香
闻名退迩的是人格上的坦诚
巍然屹立的是感情上的豪放
你把开心的生活铸成一座金鼎
怎样撞击都会发出悦耳的音响

你的簸箕里装着积存已久的欣慰
再颠簸的年华也会安详
我的扫帚前没有一点尘埃
再遗忘的角落也充满着阳光
你有千条溪、我有千条溪汇成大河
生命的航船正驶向岁月的远方

温馨的往事铸成下弦月
在心空闪耀得很明朗
你是解甲归田的花木兰
我是登高吟诗的陈子昂
各自都有事业上的制高点
在顶峰都有无限的风光

故乡老井

我把思念之绳挂在轱辘把上
旋转着对故乡的赤诚
谁说今宵塞北没有音讯
东牌楼里就有出墙的红杏
上弦月漂白了苍茫夜色
夜色消瘦了古朴的人生

现代化的城郭全是自来水
龙头总在手中拧着心中的阴晴
记忆那口老井
童年的冬天在井边就打着憧憬
冰清玉洁的季节拒绝圆滑
轱辘把摇醒了乌鸦归宿的黄昏

炊 烟

我不止一次为你杜撰
你的身姿、你的语言实在迷恋
当松林熟睡得正酣
排排木板房上升起了袅袅炊烟

这么早呵，在天空举起了高高的手臂
拉开了山区伐木者的帷幔
女主人在屋内屋外忙碌着
只见柴门虚掩……

是为了给山中的主人加餐
野鸡炖得味儿多鲜
山东煎饼把大葱卷
也卷进了女主人的祝愿

这是采伐的黄金季节
炊烟，你成了出征大典
引来了"顺山倒"的呼声满山
引来了满载的木材车奔驰向前

别看炊烟是林区的外传
动人的故事却像不冻的山泉
你是默默地为亲人备马进山啊
用你深情的语言——炊烟

摆渡少女

一只桨支撑着一个家的劳力
另一只桨才是你青春的序曲
渔村唯一的一家独生女
在波涛中成了价值连城的秋菊
你从来不摆渡往事
对憧憬有过至真至诚的淋漓
载着刚刚采撷来的小村渴望
成一座活动的桥甘愿为小村驾驭

匆匆忙忙都是物色的红红绿绿
唯独你藕荷色的单衫在海中摇曳
那船是不是有一条无形的缆绳
拴结在渡口，加速了你的心律
也许对岸长满了葱葱郁郁的相思草
岁月不断地萌生温馨的记忆
小小的渡口沉浮着纯净的目光
窥视轻盈如浪花一样的步履

你短发一甩，删去不必要的修饰
自然的风韵畅通了你满身侠义
你把生活的沉重放在海中

把吃水线压成一条游鱼
双桨是你渴望的翅膀
从雨中来，从雾中去
船射出去的是滚滚如潮的夕阳
摆回来的是柔情细语的晨旭

母亲墓祭

我的双鬓储藏着人生的炎凉
立秋的风吹皱了沧桑
可我还像个北方憨厚的孩子
围转在母亲的身旁
把坟上的土扒深了，捏碎了
泪水湿透了我的思念，我的忧伤
再答应一声我的呼唤吧
母亲静静地睡在故乡的山冈
儿子是从远方专程来看望你的
拿着你喜爱的煎饼合子和葱酱
也拿来你欣慰的遗愿与安详

日月星辰为何交错而过
黄昏与黎明支撑着自己的沧桑
你的一生一无所有，只留下个碎布包
压在我的箱底，包裹母性的心肠
属于你的是儿子长长的人生脚印
和幽深的记忆折射的夕阳

你是用疼爱堆积起苦难的岁月
才使我的眼睛朴朴实实地闪光

你是用慈祥铸成的风铃
才使我的心地有一座故乡的牌坊
你是用宽厚垒起母性的高墙
让我挺立在正义的峡谷耿直的山梁
你对我就是一部活的善书
我仍然读下去，在那柳树成荫的小巷

老　母

习惯于做在前头吃在后头
看子女吃得有滋有味
自己也香了长久封闭的心口
清幽的眼睛积存过多少慈善
奉献的脚步一走就是七十个春秋

曾有过青春期的梦幻
小溪旁清洗过心灵的隐忧
一生都不知道什么是请求
虔诚的心从没有过内疚
你的爱在锅台旁、炕席上、菜园里
踩亮了半个多世纪的淳厚

也许你也唱过《小白菜》《月牙五更》
比蚊声还低歌声绕过唇边
丰收季节使你过早地清瘦
总是把慈爱作桨奉献作舟
晚秋的池塘中留下一片红藕

祭　祖

小村人祭祖的方式潇洒而肃穆
有时用香烟烧醒了几代人的记忆
有时用背筐采撷古朴的民俗
有时用鞭炮炸响了满村的抱负

祖是一根扁担，横起来的生存方式
几千里担负着命运的凌辱
祖是一对竹筐，存与失各自有传
装满了岁月苦难后的醒悟
在那荒凉满地打滚的年月
闯关东的人才能把历史折叠成一条山路

今天现代化公路已接连遥远的城市
有了进取的路标，有了小村的追逐
每到大年卅晚上，小村人
还是提着一盏灯笼走一趟古老的山路
祖是开拓意识的伸延
祖是大山继承下来的质朴

二 舅

在最小的女儿家稳坐的寿星
有一双穿透人生的眼睛
二十年阔别，我已成老树古藤
一见面，你就叫出我的乳名

我的上代亲人几乎都离开人世间了
唯独二舅还平稳地摆渡着残生
九十年，你的手从未闲过
一根针，一把锤子，一条麻绳
在县城热闹的十字街头
缝补破旧的路程

皱纹里堆满了坎坷的命运
长寿人需要一颗纯净的心灵
我在童年曾和二舅玩过牌
赢过你的钱足够买廿个烧饼
深夜你想捞回握得发热的艰辛
我曾听过二舅还去舅母的坟上
一次次打开棺材去看不该早去的恋容
把天哭暗，把地哭昏
寒冬你牛筋般的手在台阶上挥霍光阴

宛如没加修饰的荆榛
根须牢牢地捆在旋转的年轮
酷暑，一把黑伞遮掩那块乾坤
宛如意象派画家手中的陶甄

塞北的一角，一个苦难的缩影
把九十年劳碌的追寻
在油灯捻上燃成淡淡的灰烬

眼前，女婿送你一盏温和的灯
和美好的延年环境
你像雕塑一样坐在那里
刚强，在晚年也要留下印痕
双瞳追寻着悬浮的夕阳
看弥勒佛怎样丈量人世间的寿辰

小村的黄昏

炊烟像无数株挺拔的白杨树
支撑着小村透明的黄昏
四轮车在田野里不断地轰响
装载着沉重的秋日夜兼程
整个一条街的门都敞开着
房苫头有烟囱不断地发出邀请

从磨坊中牵出来的小毛驴
在庭院中打个滚儿，向天空
吼出几声刚劲几声康宁
井上的轳辘把摇出了一缕缕清音
呼唤着公路上闪亮的车灯

每家的火炕上摆上了乡土佳肴
土豆炖倭瓜又面又甜
肉团子在油锅里发出打滚的鼾声
坐在热炕上吃个痛快
把充满潮湿的土香味烘烤干净
每个窗口都闪亮着欲望之光
懒倦开始把门关紧
听一听夜间新闻

可小村外还有年轻人在谈情
在树下移动着臂弯合拢后的沉静
雾可以朦胧成熟期的姿态
影子把海誓山盟拴得好紧好痛
年轻人学会了操练青春
兜子里揣满了对异性的柔情
在粮垛旁望着无法破译的北斗星
一曲二人转醉倒了山村

赴约农民演出队

夕阳在雪地里狠劲地打滚
滚碎了宁静、滚成了弥坚
滚成了无数个尖尖的梦幻
年轻人赴约执着地坐在爬犁上
追踪着至诚至美的格言
霜花开在小伙子的胡须中
也开在姑娘们的鬓角上
在雪海中成为最有亮色的征帆

冬天是心灵最成熟的季节
小村装满了有滋味的故事
在叽叽咯咯的笑语中传递
在水灵灵的眼睛里窥探
谁也冻结不住这片流动的雪烟
黑管将要吹出月牙五更调
提琴将要拉出意大利花园
舞蹈的姿态不需要注释
有了破绽观看者用笑声缝连
自编自演自奏地走进艺苑
年轻人用快乐承包了冬天

山 寨 女

你深一脚浅一脚地赤足过河
去采金针菜，去撷玉黄蘑
追捕着野玫瑰似的意愿
从不蹉跎属于自己的青春岁月

粗犷是舞台，泼辣是大幕
伐木者用油锯拉响了第一支曲
你们成了摇曳的红松树
飘浮的音符变成了二道白河

人生在那充满哲理的山野里奔跑
从来不被艳丽的神秘果诱惑
感情是小放牛吹的横笛
理智才是山寨女手握的金钺

这条棉裤……

——"三史"展览馆里有条破棉裤,在旧社会,一家长工曾穿了几代。棉裤上有五百多个补丁,纵横交错,层层摞补……

几夜搅得我不能安睡,
一首诗在我的梦中飞,
一边开灯写下它呀,
一边洒泪水……

千条江呀,万道河,
都是往日农民的泪。
你看这条破棉裤,
被汗水浸泡得都发了霉。

称称棉裤有多重?
地主花天酒地用去的金山难相比,
除非再加上啊,
偷埋在地下的珍珠和宝贝……

五百个窟窿聚在一条棉裤里,
百年的寒风都往这洞眼里吹。
妻子的针,缝不住农民的苦,

母亲的线，拴不住长工的泪。

五百个补丁在一条裤上堆，
碎布、麻绳层层垒。
用尺量它何止三千丈，
它呀，它，记下地主滔天罪。

地主用它铺成一条"官家路"，
万两黄金进家门，行车如流水，
那车轴的油呀——
是贫苦农民筋骨髓。

地租、捐税、数不清的"费"……
抽打得千疮百孔的棉裤芦花飞，
地照、烟枪、缎子被，
都在五百个补丁上抽租税。

看了这条长工的烂棉裤，
记下了地主的滔天罪。
我愿它保存一万年，
在每代人心上树立座仇恨的碑。

深　秋

包容者疲惫于深秋萧瑟
海棠在夕阳的门口开放淡泊
无弦而奏的是心的烦躁
有弦而哑的是思绪斟酌
岁月的记忆可能一再重版
历史与哪一位祈求者相拥到日落

四合院遮蔽着厚重的风俗
琉璃瓦晾晒着辉煌的寂寞
再边塞也会种植风景
妩媚的泪在眼角悄悄坠落
依旧是杨柳清瘦的两岸
一条船在深水中颠簸

花开花谢

凝重的等待熬黄了季节
伸延的只有空旷的天街
怀念只能醉了逝世的岁月
摇摇晃晃的只是伏天的雨腊月的雪

红樱桃被老女人满街叫卖
红润与甘甜在篮里休歇
蝶翼传来痴男信女厮守的故事
用慈善编织的竹筐装有多少高洁

普通人在绿荫中总会有慰藉
拔萃者离开了凡俗反倒下跌
假如在寂寥中倚门远望一次香消玉殒
不如回归泥土作一次痛快的花开花谢

感情之秸开始拔节

依旧的潇洒诙谐
阳光使你几次的花开花谢
白鸽捎给我一束心灵的晨曦
我才默读北方枯瘦的四月
也许你的姿态难以破译
欲望在人生的拐弯处需要倾斜
你小坐，坐来了钦佩的目光
你急走，走去了一个迷人的季节
无言的默契也许会被遗忘
生命的进程总该被人翻阅
岁月钟情于开拓者
有爱的辐射才是充满阳光的世界

船用行走的方式
拉长了悠悠的思念
岸用坐卧的姿容
把折叠的记忆拴结
预言在高处俯视
感情之秸开始拔节
剩下一个豁达的年华
归宿在往事如烟的长街

守 岁

在季节与季节之间
总有一个感情虔诚的宫殿
红烛点燃一条闪光的路
你将怎样步履自己的夙愿
守岁是东方遗留下来的民俗
守着人生美好的良缘
守着开拓进取的如意久安

在岁月与岁月之间
都是一个思索人生旅途的驿站
爆竹抒写着生命的寓言
奋进的路又开始在脚下伸延
守岁是古老的天伦之乐
守着时光赋予我们年华的船
你将怎样行驶欢乐的彼岸

邮　包

真真切切地用最后一针
把夙愿缝成句号
情牵意缠的往事
从线的尽头删节成浩渺

所有无声的语言都成了寄托
重叠成无法截止的心跳
把渴望与期待包得很紧很紧
在梦中还看见家乡炊烟袅袅

邮路正在花期纵横伸延
源头与归宿都成了爱的契约
小矿锤叮咛我不要囚禁感情
敞开胸怀做一次思念的燃烧

夕阳之旅

也许最后的辉煌醉了你的两颊
告别时刻译破了感情的密码
游动的背包装满了浓郁的乡恋
双眸噙泪凝望夕阳染红的篱笆

我用热能铸成生命的车轮
旋转的希冀走向长夜
虔诚是你心头上一颗黄昏星
路漫漫，为何还披着柔姿纱
早已把光明镶在眼睛里
照亮了西岸那座古刹

你摘下一篮子冬青送给谁呢
双手揉搓着翠绿的年华
身后是一条狭长的影道
只好回屋写西进的序曲
走一夜的路让晨阳作跋

沼 泽 地

并不是空间溢满了忧郁
向心力的转向，有秋怨
跑道上，正通往苦涩的沼泽地

分离就要跋涉相思之路
没有路标，没有名姓的荒原
深一脚浅一脚地踏亮了记忆

一个大写的真字有了双脚
路再迤逦也会达到彼岸
多一些沉静，少一点神怡

船

把毛线绕成一个感情的海湾
缓缓地引我的征帆上岸
你刚缠完了痛苦又编织期待
编织心海里那条船

爱情的三原色从寒舍里
冉冉地升起了欲念的炊烟
人生的路有直有曲啊
你会把残月编织成了浑圆

故乡的映山红

落霞送给你一片美的忧伤
你用含情的露珠正辉映星星
默契是在折射的目光里
开放的民俗与封闭的红润
无声的语言正推转月轮
恬静中弥漫着温馨
是谁把你插在
用黑泥土塑造出来的大地古瓶
你要离开桎梏沉浮自己的人生
既然你能红透家乡的土地
也一定能红透属于自己的憧憬
身边古香古色的瓜窝棚
那根燃不断的火绳
也燃烧着北方盛夏裸露的赤诚
遗落下来的是灰色的含辛

这是一片粗犷而坦诚的土地
莫测的人生常暴雨骤淋
既然你有倔强的花期

黑土地为你奉献了美的基因
为何有时微露有时深隐

自己的向往自己的追寻
泥泞也是一段跋涉人生的里程
请不要动不动就潮湿自己的感情

属于我的岁月

属于我的季节
芨芨草开放在心中的原野

血汗凝成一条人生之路
进行着独特的感情装卸
久久的期望与淡淡的欢愉
在梦中久聚又久别
一夜间就有二个季节的重叠

我不需要年年花开花谢
只要有一次芬芳就够我一生的慰藉
假如钟情是北方的玉兰草
保持着岁月的纯洁
我将发出惬意的请帖
和你一起走进郁郁葱葱的岁月

一墙之隔

老一代人把秫秸墙夹上了
夹上了两家人的生疏
可以挡狗挡鸡挡鸭
挡不住一代新人的眼目

东墙里茄子花紫英英地开放
姑娘在垄沟里手提一把水壶
西墙上的豆角花已爬出墙外
为小伙子结下一串串妩媚

沧桑何必用墙来拦阻
花期自有独特的脚步
彩蝶早已越墙而过了
采撷一点甜粉也很开心

采 红 菱

你也采红菱，我也采红菱
夕阳拉长了我们的身影
入梦境，你的意象在我心中
刚苏醒，错过了季节一片朦胧
世界不但是一片朝霞
远方的黑云里还有电光雷声

不要把叹息投到遥远的荒野
在沼泽地里独雁长鸣
沧桑自有搏击之路
要做一只芦苇塘中的蜻蜓

一朵花刚伸出世俗的墙外
盛开你的欲望，盛开小村的姓名
葛藤怎能缠住你的青春树
追求就是伸延自己的根茎

在阴雨中走向晴天
在晴空里也要准备阴雨来临

默契是最大的省略
理解是黑夜里的眼睛
你也采红菱，我也采红菱
夕阳拉长了我们的路程

第一次按了陌生的门铃

既然小村点燃了家电的岁月
左墙右壁都有全新的风景
组合音响在脚下解冻了几个世纪
快四步在夜间也很透明
人们开始把柔情注入高脚杯
为小村酿造全新的古朴与纯真

小村多了串门人也多了亲热
连脚步也显出几分苍劲几分轻盈
把廿四个节气变成分秒的观念
生活的节奏也有了新的准绳
每条管灯都照亮了农民的旅程
爱情的韵律也开始均衡
连贪睡的老头儿还等着七点
看完新闻还要知晓明天
是阴还是晴

这块黑土地一代代播种着爱与恨
每条小路都刻骨铭心
远来的小伙第一次按了
陌生的门铃
在门旁的姑娘羞涩地说：请……

北方六月

多少渴望之泉流淌得很倾斜
萍踪浪迹都有自己的圆缺
多少追逐之箭鸣响得很闷息
速与达都有天然的疆界
多少感伤种在地里萌生哲理
长出来的嫩叶都很高洁
多少事业脱掉了防御的外衣
袒露出的说明词都很欢惬
多少伴侣在这个季节里显示娇姿
彩蝶飞满了北方的六月

只有红草莓默默地在叶片中结果
一脸鲜红地闯过小镇长街
只有捕鱼人在小船上顶着阳光撒网
网着夏梦，网着辛勤者的慰藉
只有耕耘过后的老黄牛甩着尾巴
在草甸上咀嚼着宽松的碎屑
只有承包土地的人还摆着银锄
铲得越勤，农产品价值越下跌
只有粗犷的诗行长了蓬蒿
农民诗人在茅屋里还把意象采撷

八月码头

十一月封江、四月跑冰排
北方的江一年有一半冰封着港口
唯独八月这个繁忙的季节期
煤粮菜、访亲串友都云聚在码头

水宽了才能收容舟的渴望
浪大了才能允许船的自由
栖息在船上的旅人是迎接远征
走出跳板的人迎来了青铜色的忠厚

八月的码头没有久锁的锚
八月的码头没有搁浅的忧愁
来也悠悠去也悠悠
朝霞与夕阳在这里都拥抱过诤友

唯独月儿冷面公正
一小半是上弦、弦来了感情上的浑圆
一小半是下弦、弦走了苍茫窗口
分合圆缺都伴随着诺言和酒

八月的码头是酿造爱的区域

每个铁桩上系结着塞北的祈求
八月的码头是收割持重的岁月
每条船上装满了几代人的风流

东西古牌坊

用赤诚做注脚实实在在地
支撑着一个古老而又年轻的梦境
谁在喜谈牌坊上的檐顶龙首相顾
谁在自语斜翘的飞檐上系着风铃
从东牌坊到西牌坊相离两华里
圈住了高低不齐的功德与富有
圈住了家乡的自尊、自爱、自信
圈住了一个县城沉浮的感情

从这里走出的人可多了，几十年
一个团接一个团地运往辽沈前线
一批接一批的南下工作人员
一伙接一伙地调往北方大庆
走不完的乡情与欣慰
清寒的夜空布满繁星

走出一粒种子就留下一片绿荫
走出一棵树苗就成了一片森林
走出一种欲望就遗留长长的足迹
走出粗俗，走出悲愤，走出贫困
走出穿各种服装挂各种幌的追求者

都在打听东西牌坊的音讯
今天在东西牌坊间仍威严地呼应
高楼耸立起斑斓的信念

长车布满了彩色的神经
系着成千上万企业家兴衰的合同书
系着十几万农民发家致富的心
也系着双鬓斑白了的游子心灵

几经沧桑，乡情早已开阔了
东西牌坊却不动声色
巴哈公路远来看望你
你安然得宛如在长街上陈列的古董
沉静得好像一把不老的竖琴

第二辑 人生礼仪

蓦然回首

记忆像个杏黄色的葫芦
挂在枝条负荷的深秋
英华往事已走进苍茫
是珍存是遗忘还是步入生命的渡口
爱过的被爱过的都姗姗走去
而支付的真诚还日夜厮守

也许这个世界袒露的太多
看生活之门走出来的生净旦丑
有时回避也是一种美的伸延
为了治愈心灵深处的伤口
世界总有难以琢磨的界碑
当你破译后，总会蓦然回首

灯选择了黑夜

灯支付了多少凝重的感情
影才显得格外轻盈
幽深好像比明朗的价值昂贵
黑夜才盛产执着与坦诚

灯以寂寥姿势把火燃成信念
奉献给求索者的眼睛
影以真实的容貌
紧跟着探路人步履的陌生

成功者总是以自我燃烧做代价
如醉如痴地期望理想的来临
有几种事业很忘我
闪闪烁烁地演绎人生

灯光所以选择了黑夜
因它最能体贴光明
川流不息的昏睡与清醒
才在生旅中跫然有声

关上门窗是为了保护脆弱的天地
解开纽扣是为了袒露人生的里程
闪亮是哲理的母亲
朦胧才是诗的灵性

人生礼仪

不管是小陶还是大器
都得迎迓一次人世间的淬砺
不管是开花年龄，枯黄季节
姹紫嫣红都有各自的嫡系
烟云一过就没有踪影
保存下来的只有沉沉的记忆

闯荡江湖的为豪爽
撩拨一身岁月的风雨
鞠躬土地的为俊杰
把人世间的红花绿叶摇曳
晨钟暮鼓敲了几千年
敲出来的语言浸泡在历史的河渠

受宠若惊与失宠若奇
都不是人生正常的礼仪
位置是人坐出来的尽管有机遇
想要搜寻虹就得在雨季
只有桀骜不驯的禀性
接踵而来的刚劲的步履

假如星辰从你肩上滑落
栩栩如生的功与过总会双足鼎立
假如晨曦要检验你的征程
总会把妒忌与内耗之门关闭
转瞬即逝的是岁月的驰骋
永久澎湃的是哲理的潮汐

没有靠岸的船

你用感情编织着一块洁白的绢
送给我做了航行的帆
我不怕浪花打湿了双脚
大风摇晃着支撑事业的桅杆
我是一条远航的船

真希望你等待在岸上
看航标灯伸延过来的思念

多少个不眠的日日夜夜
在大江里捕捞着生活的夙愿
事业与爱情是两只船桨
我曾把残月摆渡成浑圆
可我离岸还很远，很远

真希望你伫立在岸边
宛如一座雕像在我心间

生命的磨砺

如果存夹一枚枫叶
压走了一个秋
标本也能有感情的寄语
如果打开一把伞
遮住一个雨季
意念的云也在心空凝聚
那已埋着向往的种子
就不担忧土地萌生翠绿
生命有一点干旱不要紧
重要的是否在土地上真诚永居

有时姗姗来迟
比及时到达要引人注意
有时残缺的美
比完整还具有魅力
只要生命意识很健壮
就不忌今夜有风有雨
人生的路只要有目标追寻
每个驿站就会魂牵情系
尽管高峰都是风口处
要攀登就是一次生命的磨砺

坦诚没有淡季

没有不动的山，不流的河
小鸡雏总会把蛋壳击破
没有不老化的土地与玄学
权力欲者总是历史的匆匆过客
只有坦诚是经过冥想的紫椴树
是经感情淬火过的幽深月色
是驼铃摇响了寂寞的大漠

人生有往事也有憧憬
缄默的弦也会触动一首歌
坦诚没有淡季
寒冬也能开出品格的花朵
无果花与无花果都不重要
重要的是品德积存的厚薄
心门是否打开一把金锁

何必有那么多的心灵小路
沼泽地与芳草区都有阳光辐射
长工与短工只是索取的时间差
凝重了岁月的蹉跎
全民与集体都是奉献的藤葛

俊俏了年华的脚跛
对酌与独饮都可能醉去
只有征途才能在驿站洗涤承诺

西 湖 扇

你在清河坊扇子巷与我告别时
送给我一把西湖扇
然后你就变成湘妃竹
长久地在我眼前舒展你的容颜

我打开，你是一朵初绽的杜鹃
我关上，你是一节优美的曲线
在路旁，在灯下，在遥远的海边
你送给我的是清凉的依恋

白天，伴随我送走了"费德拉"
夜晚，打开希冀，遮掩委婉
扇存香就在
扇来了一片金灿灿的秋天

雨

稠稠密密人生的雨
把我们浇在一起
共同披着一张雨衣
一个永远淋不透的主题

心湖中被击起的雨泡
打湿了我们相思的朝夕
我们是在雨缝中寻找失去了的岁月
雨绳为我们系结着遥远的记忆

点燃的火柴

封闭已久的火柴盒依旧虔诚
擦一下敏感处就会点燃沉默的神经
尽管处在强力防风电子打火的年代
古老的火柴永不失去它的憧憬
只要是不潮湿保存香醇
记忆与遐想都会在火柴上脱颖
点燃这不眠的缘分

是孕育已久的手指
不怕划一道磷火的踪印
要点燃沉闷的星座
给人生带来一次绚烂的黎明
分明点燃出一条闪闪发光的路
路旁早已堆满了柴荆
分明有一双陶醉的眼睛
看落日燃烧着晚霞的风景

想从火焰中抽出金丝线
用升腾的火苗编织人生的绸锦
为了情义宁愿焚尽身躯

冶炼一次独特的秉性

火熄了，也烧热了絮语

空白处，脉脉含情的眼睛在叮咛

朦胧雾色

我是在漓江边等久了
不肯坐卧的骆驼
背驮着思乡的饥渴
走进十月，瘦了江水
袒露出金黄色的沙漠
你是古南门前等久了
永不衰竭的古榕树
看守着榕湖城门的开开关关
进出多少人生的过客
我们都黄了憧憬、绿了惆怅
伫在两湖旁做人间的思索
杉湖与榕湖早相依对唱
用拉长了的青春期把孤独束之高阁
把遗落的时机丢进月亮山上
冷漠的含情对着含情的冷漠
不要把什么都看得那么透吧
桂林的美正是朦胧的雾色

脚步急促

有时几年走不进一个期盼的港湾
有时几小时走完了人生的旅途
生命的支付需要坦诚
情深义重也能使脚步急促
剔透了的时节红绿相掩

一个令人惬意的寓言小屋
冲刺的终线咫尺之遥
受伤的岁月也要走进真诚的深处
被扩大的领地海阔天空
被缩小的区域没有土地立足
醒悟也是沙漠中的驼铃
人生不要无谓的忙忙碌碌

无 名 岛

一切记忆都成为人生的彩绳
系结着永恒的恋情
大雁可以秋去春来
送走了花期送不走秋兴
我是属于沼泽地里的苇丛
再寂寞也摇曳着对故土的赤诚

一切欢欣都含着苦涩的泪腺
系结着多季节的梦
合欢树飞走了受伤的候鸟
寒山寺空守着岁月的孤灯
我这根植在混交林带的丹枫
再寒冷也要染尽满山的画屏

一切耕耘都成为心灵的彩色
成为日与月燃烧的柴荆
芳草地上把希冀铺成小路
弯弯曲曲的没有姓名
我这经受暴风雨冲击的峡谷
再狭窄也要流淌我的性灵

一切空白都成为激扬文字的场地
任凭真善美驰骋
初恋池上摆动着期望的双桨
失意林中遗落着迷茫的羽翎
我这无名岛有多少诗朋的步履
唯有一名隐士要久居守着我的古鼎

沉重与成熟

天真的代价使纯情苏醒
耕耘岁月总会与悟性相逢
谷穗的沉重是因它成熟
成熟的季节才会散发盈盈的芳馨

二十岁与三十过后的思路有多大差异
蓓蕾与绚丽是两种不同的赤诚
把渴望站成一个新的高度
人生才有美好的风景

聆听初春桃花水潺潺声
不如傲视暴雨成河的驰骋
那被淋湿过晾晒过的年华
记忆的脚步才具有全新的生命

实惠早已与盛夏的阳光结友
采撷与被采撷都很诚心
二十岁是钟，三十过后才是鼎
敲响着征途中的人生

临 界 线

既然你不卑不亢地走路
泥土提供你加勤加勉的条件
既然你喜欢顶着陶罐
把沉重置之高处在界中伸延

临界线接纳惊愕
爱与恨也步履在生活的港湾
智者千虑也会有一失
谁也不会愧疚掌中的老茧

纯净的日子身着素衣
清瘦的黎明欢快地开镰
收割脱颖而出的坦诚
界内为你举行一次庆典

伞

响晴的天，为何总拿着一把伞
难道你想撑开一片合欢
阳光多情地向你叙说
光滑的路正在你脚下伸延
太阳之门虚掩着
只要你的追求很剽悍

进了一个岛屿就洞察了世界的一角
开拓一个滩头就落成一个港湾
生活的潮汐总是合合离离
滋润是从远方赶来的嘱托
晾晒是柔弱的怀念

合拢与撑开都是生存方式
岁月才更迭成一把伞
合拢是你与太阳结下姻缘
撑开是你与阴雨周旋
款款而来的是欲望
悠悠而去的是魂牵

送给我不系之舟

你载着记忆与遐想夜间北上
思念在团结湖很清瘦
双眸已落下了帷帐
送给我一个不系之舟
北海好大啊　　游到哪里
摆渡坦诚总会到达岸头
你急切切地告诉我不要急嘛
人生的驿站都需要整修

贤惠也是一个博大的磁场
被吸引的红豆已被雨淋透
你的心河没有航标灯
水的礁石时隐时露
沉入水底与沙为伍很凄楚
漂出水面与浮草为友很淳厚
邂逅也是一种季节的缘分
情与意在林中都很清幽

网

我赞美渔家姑娘的臂膀
把网撒得均匀端方
网眼儿放走了湖水
净剩下一片蹦跳的希望

刚刚浮起了涟漪
湖中辉映着渔女素装
她网来了富有，也网来了政策的力量
网啊，成了年轻渔民的希冀之窗

睡　眠

让我把小憩的时光暂借
借来了一个宁静的夜

思忖与心灵都将停歇
等待醒时再和繁忙衔接

一夜间把创业者的疲劳卸去
梦里迎接着林海中的繁华世界

人生的旅途怎能没有安谧伴随
为了更清醒地向新生活开拓

足 迹

你本该在后花园里来去姗姗，
少女的心被花蜜灌满。
是谁，是谁拆散了你花前的梦，
长城万里，处处筑怨。

你拿着寒衣跨过万水千山，
一路风尘为何情思不减？
不怕征途坎坷，
只怕丈夫寒夜衣单。

"振衣亭"有你美好的夙愿，
梳妆打扮在望夫之前，
望夫石上踩出了多少坑洼，
又被泪水填得满满，满满……

每一个足迹都像一片青叶，
纯净的雨露恋你的痴憨；
每一个足迹都像一片花瓣，
道德的彩蝶围着你飞舞翩翩。

假　如

假如欲望像枝叶般稀疏
轻轻地走着这条林荫小路
净化的领地使你遐想
再狭窄也会宽舒

假如小草还没有复生
对春天就有更大的抱负
这群耿直的家族啊
大自然会馈赠你妩媚

回归之路

已是大雪封山，封路
回归，新踩的脚印灌满了冷酷
为何还要流连忘返
重叠是为了延伸抱负
整个秋季都已迁走
路旁只剩下一排光秃秃的树

去时，携手在绿叶掩映的初夏
红草莓刚刚成熟
你踏睡了修长的岁月
我踩醒了遥远的星目
时睡时醒的路躺在旷野
时甜时苦的心跳在山麓

人与人之间的角逐并不重要
重要的是步履是否脱俗
回归要有新的发现新的领悟
就该回到真诚，归到质朴
人生之路有进有退有曲有直
看你的追求是否铭心刻骨

脚印，留下我的赤诚

岁月的油灯
正点燃着成熟的年龄

纵然天空还下着清冷的细雨
板结的土地还没有完全湿润

一个深邃的思虑
时代正在隆重地命名

我问赤橙黄绿青蓝紫
谁赋予我彩色的爱情

留下我沉重的脚印吧
也留下我的赤诚

一个改革家到底姓什么
历史睁开了公正的眼睛

路　碑

你是人生旅途中的青春游客
一瞬间向我含情脉脉
我是固守在路旁的路碑
小草伴我居住在遥远的边陲

也许你的气度使人迷惑
追赶着岁月的芳菲
我是属于养路工的家属
在里程的兵种里忠诚地列队

你是人生旅途中的青春游客
征程中你寻找新的韵味
我没有步履，没有卒岁
大山献给我一束鲜艳的玫瑰

深秋那场小雨

淅淅沥沥地溅湿了长空
迷迷蒙蒙地滑落了希冀
羊早已回圈，鸟早已归林
唯独你在雨中清洗着岁月的哲理

在青春的入口处，你选择了深秋的重荷
花伞下有过凄苦，也有过痴迷
秋雨的蜕变也许使心灵净化
净化成一种新的心灵秩序

你总是展翅飞翔在稿纸上空
像燕子为屋梁上衔泥
却不能在稿纸中早日定格
征途把青春的支撑点重重磨砺

也许拥有一段明媚的记忆
把许诺埋在深土层里等待花期
那用雨珠串联起来感情的符号
憧憬成虹霓也会魂系大地

夕 阳

把夕阳伏渡在香溪河里
流淌着一波历史又一波哑默
帆影随夜幕孤独而去
征途在哪个驿站中没有自己的烽火

把夕阳栖息在独秀峰上
让乌鸦翅膀拍打一支古老的歌
渴望在高处晾晒不分季节
越是深沉越能穿越苍凉的岁月

把夕阳挽留在陌生的人生路上
一个修长的身影遮挡了半个世界
走进黄昏，燃起一盏摇晃的思索
走出黑夜，送了一个永恒的承诺

玉立婷婷

你是在青春的门口玉立婷婷
贴一张家教广告
把知识挂在初春的枝条上
萌生季节的温馨
那块牌子成了最质朴的人生的河
桅杆正航向意蕴无穷的风景
摆渡知识总会泛起涟漪
摇曳青春总会留下倩影

你是在繁闹的路旁玉立婷婷
寻找那双求知欲很强的眼睛
想用外文剪裁封闭的生活
使中国的家庭走进开放的意象
渴望铺成一条自力更生的路
用自己的脚步摇响定时的课铃
飘然而至的是智者的信息
宁静的黄昏有人轻轻地敲门

相　逢

风尘仆仆地破门而至
我的双手一下子抱住你的脖颈
那夜以继日的期待中的忧郁
刹那间变成一盏满屋通亮的灯
抒写着那片残红的唇印

分别的季节走了多少绵长的相思路
每一个梦中驿站都燃亮了你的小名
我也总想潜泳到你远征的身边
看你的心湖有多少清澈透底的真诚
然后送给你一双任性的眼睛

时间的存折

当泛黄的日子来临之际
你的惊惧在弹指间筹措
也许你有着无怨无悔的步履
编织着人生的经络
旅途中留下弯弯曲曲的印迹
是姹紫嫣红，还是苍白的岁月
往事只能在记忆中搔首弄姿
你是否还有时间的存折

春去秋来，年年月月
赤情的游子该珍惜开花的时节
青春很快就会投入生活的深秋里
怎堪回首那时光的滑落
节余一些开心的年华吧
积累一些美好的岁月
在你人生旅途的背包里
多装一些生命的辽阔

苦 恋 树

太热诚了也会使渴望干枯
历史就是这样郁郁葱葱的质朴
太耿直了也会失去感情上的弹性
风雨飘摇地吹打着心灵上的孤独
美的记忆挂满在心壁上
只有五指山指给了一条遥远的路
可你，月月年年盛开着相思之花
把苦恋之核埋进南国的红土里
萌生着青春的孤独

大海一次次冲击你
劝告你不要含辛茹苦
可你欲办不成
还是一棵把情燃尽了的苦恋树
具有古老的东方风度

你是眷恋着人世间的英雄豪杰
护守着"五公祠"
注视着香烟缭绕的海瑞墓
还是倾听着当代人的脚步声

走向大东海，走向历史的宽舒
南国的苦恋树，这部巨著啊
我每夜每夜都在阅读

记　忆

记忆是埋在土层里的陶罐
装满了用爱与恨酿造的辞藻
越是不轻易打开就越清醇
摆在桌上也是一盘珍肴
艰辛的岁月有盐与胡椒伴随
它的生性很耿直很执拗

记忆是大山里流淌的清泉
伴随人生的脚步穿过一座桥
几根真诚的桥墩支撑着承诺
泉水在弯弯曲曲地流向浩渺
背阴坡上的青苔写满了象形文字
岁月的风不会使它苍老

记忆是心灵上不眠的土地
不播种不耕起也会美妙
记忆是深山中的小裁缝
把世界剪裁得很玄奥

月光下，我伫立在舷窗

月光下，我伫立在舷窗
看黄埔军校旧址夜雾苍茫
那是一个多么奇妙的地方啊
记忆拍打着闪光的翅膀

仿佛我们敬爱的周总理
在黄埔军校的草坪上徜徉
在礼堂做《武力与民众》的报告
中共特别支部办公室还亮着灯光

仿佛我们敬爱的周总理
还领导黄埔学生出师东征，饮马珠江
坐在 846 战舰上
和南海哨兵一起站岗……

月光下，我伫立在舷窗
看黄埔军校旧址烁烁闪光
那是一个记忆的星座
永远悬挂在战士的心上

选　择

激动时总是伸出纤细的手
想握住红火的欢惬
一种委婉的许诺还不成熟
就把界碑搬到感情的交道口上
也许黑夜也会扯着人的衣襟
使你走一条长长的空街

风选择了墙会丢了去路
雨选择了土地会很泥泞
你选择了深秋季节
想要进行一次辉煌的采撷

既然你的红叶已在枫枝上摇曳
何必在青春的驿站上打一个郁结
意越深厚就越朦胧
情越婉约就越容易倾斜

天上为你飘洒了一片象形文字
都是用白银浇铸的新月
你在征途中演绎人生

人生也在演绎你的亮节

有信念就不怕坎坷之苦
虔诚者愿与君相偕

伸延色彩斑斓的年华

——写在一九九三年元旦

岁月没有低谷与高峰
可它的速度与严峻足使人们蓦然惊醒
它消失了，却留住了色彩斑斓的记忆
它走来了，正伴随着爆竹声声
有时庆典，有时也峥嵘
赐给人们惊蛰与秋分该怎样的日夜兼程
一个人的生命在岁月里只是一瞬
一个城市的岁月总有兴衰的历程
一个民族的年华总有荣辱的记载
一个星球总该在岁月中旋转着自己的使命

在翻开一九九三年第一张日历的时分
我的祖国，我的长春，我的生命
总该翻去一幅幅记忆犹新的画卷
去延伸日新月异的憧憬
在年华的横断面上
有一圈一圈色彩绚烂的花纹
写下了多少激扬的文字
几百万人在进行全年的装帧
这里有瞬间的爆破使旧车站消失
历史用烟尘写下了它的振兴

每个小区楼房竖立
越是新颖就越是楚楚动人
高科技开发区的窗棂
远远近近传来了睿智之声
长春啊，你在一九九二年
坐着、站着、走着够潇洒了
和哈尔滨、沈阳可以谈笑风生
你荣获了环境整洁的优秀城
可使街巷闪耀着迷人的彩灯
可使满城树木的枝头结满了温馨

春城从一个改革的驿站走入另一个驿站
总会有艰辛的投影
在我们步入崭新的岁月之际
敲什么样的晨钟引起全城人民的共鸣
不期而遇的觉醒
如痴如狂的是春城人的爱心
我们还嫌春城有点古板有点小家碧玉气
还要更多接纳深圳的雄风
日月穿梭使每一寸光阴都很昂贵
我们走在岁月征途上
大手大脚地写下长春的盛名

义无反顾

咸的，淡的，冻的，烫的都无辜
在这块土地长志气
就是含辛茹苦
赶山，赶海都是追逐的人生
感受严寒的冷漠
也阅历酷热的稀疏
也能适应环境改变氛围
就是改革者的家族

既然生命诞生在偏僻的小村
渴望就得扎在泥土的深处
胆识使你早熟
也使你晚收
学会了伸延无霜期的长度
能在高山上挺拔又在大河中摆渡
狂风暴雨的季节也不是懦夫

你被拔过白旗
被割过尾巴
使南山的果树毁掉
北洼的鱼塘干涸

那火炉上翻烤的人生哲理
像翻烤的红萝卜义无反顾
几十年潜藏着多少智慧与耐力
在改革之年
才大面积地收割抱负

这块土地再偏僻你也眷恋
为小村的明天，哪怕今日再苦
小村人都深知你的宽容
再一次把小村人的心中
铸成一个小火炉
那被批过，被爱过的
也是人生的富有
躺着是蓄水湖
站着是摇钱树

风　度

总是提一把煮咖啡的银壶
沸腾着已久的情愫
冲匀了苦汁光泽诱人
沏开了永不释放的妩媚
一个热浪跟着一个热浪的冲击
组成了起伏荡漾的湖
在人世间还摆渡什么呢
像一只在湖上展翅的鸿鹄

多少人想成为你的湖岸线
有驿站、朦胧如秋天的雾
你的身子伫立是湖滨的垂柳
摇曳着湖中月豁然顿悟
你的眼睛都开拓出一条绿叶掩映的路

从这里起程有走不完的征途
凝视点已不算遥远
缄默也是一种人生的帷幕
从来不佩戴恭维的花环
只要真诚走进沼泽也觉宽舒
知音者可以肝胆相照

再遥远也会日夜思慕
为了迎接属于自己的春天
把那么好的素质加倍地冬储
旷达促进了你的潇洒方式
不管是走进黑夜还是迎接日出

鹤

是仰天长歌吞一片云
把欲望投在纯净的天宇
把平翅落地占一块芦苇
把吉祥种在幽静的岛屿

丹顶鹤把上弦月衔上长嘴中
扎龙区荡起了一片飘逸
沼泽地找到了广袤做伴
仙鹤才有自由自在的步履

栖息旷达才成为长寿鸟
让春夏秋冬都为绵长的生命作序
丹顶鹤又把晨阳叼在草塘里
它在太阳的上边欢娱

你活得很自己

既然你珍惜最纯的初衷
有一种折磨放慢了时间的指针
许多事情都淡化了
唯独思念永远年轻
你的路也很难走啊
前边还会遇见葛葛藤藤

活得很任性很自己
真诚成了生命之源信赖之根
无悔无疚地走这条路
超越了你的艰苦
镇痛了你的心灵
去迎接属于自己的年龄

在出穗的日子里感情总会倾斜
倾斜得很自然也很不安分
谁都在伸延着悲欢离合的岁月
消耗着来去匆匆的光阴
夏天的边缘可以姹紫嫣红
冬日的疆界为何不能杨柳青青

芨 芨 草

请你不要采撷
采撷我飘红的七月
不管你是来自深院别墅
还是繁华的十里长街……

我的殷红是属于瓜地里的主人
瓜公对我的感情十分浓烈
一根火绳点燃着纯真的思索
点燃着充满着爱恋之夜

一位不易被人喜欢的野姑娘
也有独特的情操，独特的慰藉
我的诗集没有装帧没有扉页
到处也洋溢着爱的和谐

命运使我们成了青梅竹马
我喜欢瓜公的踏青鞋
他踩住了我的野性
踩住了充满苦味的久别

请你不要采撷我的殷红
短促青春期特有的纯洁
我是属于善良属于憨厚
明年仍然奉献出我殷红的七月

立 秋

我是用盛开一夏的爱情
结满了一个蒂落瓜熟的秋
多少个夕阳后的考查
旋转着神秘的积方
在那黄昏的门口

我是用盛开一夏的淳厚
心地里结满了一个熟透了的恳求
虽然只有眼睛与眼睛的追寻
可谁也不去把心灵之门轻叩
门前的青春树已结满了红豆

你的辉煌在冬季

一生有一个辉煌的季节就够了
短促的生命有了欣慰的步履
心空从没有这样素洁庄严
感情没有浮躁，憧憬没有潮湿
把春夏秋冬浓缩成点不尽的火炬
你的辉煌在冬季

往日漫长的路并不是没有记忆
记忆也不是没有遇见风雨
可你从不惋惜开花期的空旷
在枝丫间摇曳也不单单是寡欲
埋在深土层里信念的种子
岁月的风总会吹开了默许

最能表现坦诚与炎热的是冬季
雪不像雨那样淅淅沥沥
火是人生亢进的旗帜
最能袒露妩媚与深沉的是冬季
枯瘦的岁月里有了独特的花期
把辉煌献给银白的世纪

露　珠

假如我们人与人之间的关系
纯净得像一颗颗晶莹的露珠
没有特权，没有嫉妒，没有恶习的玷污
人人都启开高尚心灵的窗户

假如我们的心头被露水洗涤得
无比宽容，无比柔茹，无比贤淑
我们祖国的四个现代化的战马
怎能不会驰骋在光明的坦途

让我们去感受露珠的精神吧
她默默地来到了田野、草原、苗圃
隐睡在枝叶间那么爱抚
又温情地向花蕊谈吐她的抱负

每一叶中的植物神经啊
你会领受露珠中的爱情元素
每一朵花蕊中的眼目啊
你会看见露珠的赤诚，露珠的质朴

她一生都不寻求荣华福禄
一天一天地走她艰辛的路
就是邪风把她吹进泥土
也要用她的生命把植物的根须资助

呵，雾散了，霞光初上
露珠在我的心叶上密密疏疏……
她纯真，纯真得像一位少女
她净美，净美得像一粒珍珠

距 离

世界谁也无法封闭距离
就像无法封闭情侣的亲密
再和谐的比翼鸟也有展翅的空间
再亲近的连理枝也要栖息自己的隐匿

当我近得能看见你红晕突涌
芳唇微闭成丰润的秋菊
这是从遥远征途到达理想的港口
咫尺天涯，突然看见了飘落的花絮

当我远得听不到你心湖的浪音
由熟悉走向知己，由相逢走向记忆
两岸间有雾看不见桥
还是默默地思考着归期

谁都想亲密无间，化合成感情上的童子
瞬间与永恒成了兄弟
敢于亲近敢于分离才是一种气度
自由才真正属于信任的格局

不同的生活都有自己的遗忘圈

不同的情愫都有自己的耕耘地
诚挚与纯净从来不怕悲欢离合
有距离，才有生命的辉煌期

归 来

启明星依然走冷漠的路
弯弯的月儿已铺完了忧伤
只有那株火红火红的山丁子树
为你闪烁着思路的光亮

窥视过人间广泛领域的影子
经过磨炼才有变形的刚强
从相逢的清晨走向离别的黄昏
纤细的双手造起一道高墙

门在哪里，东方的赤诚
赋予你一双混合色的翅膀
你会幸运的，苏醒了纯真
给你带回来一轮初春的太阳

历　程

你送了我，我送了你
走不完的世俗距离
路叫我们走沉重了
心装着超负荷的记忆
往事像星星在夜空闪烁
默默无语

看一辆车灯急驰而过
影子的辉煌瞬间消失在夜里
好沉好深的人生愿望
留下一个无言的偎依
月亮也有完美的残缺
时钟的雨淋湿了一种情绪

都有一把相同密码的钥匙
想开又不敢打开隐秘之门
你嚼碎了好硬的期待
春荑绽开得十分飘逸
我吞食了一个苦难的历程
露珠浸透了我的征衣

上 弦 月

遥远地送给你幽深的慰藉
反射过来却是惆怅
也许心灵的库房里
积存不了历史遗留下来的苦涩
容纳不下岁月残存的秋霜娟娟秀秀的年华
步履洁身自好的人生小巷
朦胧的上弦月
自然走向自己的辉煌

在独特缸中渍成的榨菜
放在哪里都不失去川腔

用十倍的精神劳力去耕耘夙愿
追求的台阶上布满着徽章
可你还是自己
谁也捕捉不着你的遐想
自信是向自强投射的标枪
深情地寄去燃烧的凤凰树
反弹过来的白桦林郁郁苍苍

乒乓球

你左一个上旋
右一个下旋
总想把我的追寻打出界外
我的心果断地皮拉
回敬一个擦边球
打重了你早已企盼的爱

我发一个高抛球
把诺言抛向万里阴霾
从此你才给我近体快球
直来直去地打出一个期待
你我之间不该有旋转的诱惑
我情愿快攻击中我的胸怀

读 夜

夕阳以最后的辉煌让给了夜
繁星开始点着夜的姓名
我开始读夜，很难读懂
夜的哲理好玄奥好幽瞑
它覆盖历史，又穿透历史
墙、门、窗都是隐秘的哨兵

关起门来，舒展明亮的人生
启开瓶盖，也启开了憧憬
灯光下播撒知识的种子
银光屏中演绎着世界的风云
家家户户都有商讨，都有安宁
窗棂上沉浮着静谧的星星

越是幽暗越容易裸露真情
不均衡的语言也觉温馨
月有规则的圆缺，常被云搅乱
人们喜欢梳理叮咛的羽翎
裸露从不躲闪黑夜
黑夜却躲闪至诚的恋情

有时猜疑与幽怨在白天错页了
夜却把哭诉与微笑重新装帧
渴望在夜里无影无痕
夜能复苏一种灵性
把记忆挂在梦树的枝丫间
把期望推到黎明的窗棂

拉开一个清醒的距离

窥视生净旦丑的表演
每个角色都有自己的足迹
形形色色的权势，名利的纠葛
都会导致真诚的贫瘠
读懂了人心很难很难
世俗总会使人有些伪饰
我劝你生活得不要过累
多一些达观少一点忧郁
可以微笑而来，拂袖而去
清淡有时比浓烈更宽松
人与某些欲望
总得拉开一个清醒的距离

总想偎依在高山的肩头
也会引起花木的妒忌
被埋没的慈善也会久存为煤
总有一天被采出燃成火炬
你已经喝了那么多瓶的墨水
在三苏祠旁有过移居
只要品格不要变颜色
只要心境不疏漏坦诚

忧伤档案

忧伤档案袋永远是潮湿的
连健美的人也会储存懊悔
你把思索束在胸围、腰围、臀围中
在某个驿站施展青春的妩媚
岁月不会忘归

人生就是从一个堡垒进入另一个堡垒
在奔波冲刺中展示你的无畏
与欲望有了距离就要奔波
有了泪也会成为速溶咖啡
苦涩了金盏玉杯

逆反的怪圈常常滚动在栅栏里
忧伤就是栅城的门楣
还是不要在这里出出入入吧
那里几千年前就留下了一座古碑
磨光了岁月的芳菲

忧伤是一把凝重的剪刀
剪瘦了生命的春晖
雄关漫道也会有属于自己的步履
多一些飘逸，少一点疲惫
诺言永远在年华中葱翠

岁月使你成为深水湖

在命运的岸边常常被人想起
牛羊蛇猴……你都不属
诞生在清贫的年代，出入在寒舍里
星辰月下苦苦地读书
你的天资禀赋已成了君子兰
常常在冬季红颜夺目
素质种植在肥沃的土壤里
严峻的季节开满了嫩绿的醒悟

本来你爱看湖畔垂柳
才修饰成温文尔雅的气度
袒露心迹用你荡起的涟漪
浪花的话语，向岸边倾诉
多少隐情在水中成了漩涡
岁月的迭更使你深沉成一条湖

你的魅力使多少人在此摆渡
都激不起你的情愫
你的风韵使多少人送上眷恋的目光
你总是拿着真善美的三把小梳
为了一种虔诚，总在宁静的黄昏
点燃了属于你的期盼的香烛

只图你归来的丰盈

葡萄酒还剩下半杯
我已把半杯欢乐喝尽
剩下的半杯是离别后的艰辛
打开虚掩的家门
等待也是一种思绪的驰骋

为跋涉者缝了征衣
线把纽扣缝得很实很紧
把青春缝成一轮明月
哪怕残缺了也真诚地照明
门前的小路，孤单了我的身影

剩下的半杯艰辛久酿起来
久酿成夜以继日的思念
情越真岁月就越纯
在期盼中度日也好温馨
我不图馈赠，只求你归来的丰盈

凭栏处

老是原地不动地站着
把日子站得很瘦很黄
黄瘦成一座弯曲的碾坊
你能碾出多少命运的报偿

老是目不斜视地走着
把岁月走得很古很板
古板成村头的拴马桩
你能拴来多少人生的吉祥

既然伦理有了凭栏处
知音者可以潇洒一次正午的阳光
人们学会了跨越围墙
在凭栏处，袒露一次渴望

也许这是转换命运的驿站
凭栏回首往事，马蹄生烟
也许这是净化心灵的场所
凭栏瞻望未来，岁月也很豪爽

凭栏处自有融融的温馨
友谊与爱情连接着街坊里巷
凭栏自有回天之力
这里正是太阳的磁场

编　织

让藤变形才能编织藤椅
编织成任人坐靠的机遇
把尼龙绳编成大小不同的网
才能处心积虑地漏水网鱼
编织是一种渴望，美好的谋略
用手去切割，用心去推举
用毛线织一件套头毛衣
祝愿与寄托都缠绕在线里
把芦苇浸泡，刮净才能编织炕席
横竖花纹均匀了才有一方庭宇
人生就是一部编织不完的历史
稚嫩的小序与苍老的跋都葱葱郁郁

步 履

在你刚刚走入征途时刻
青春的岁月交给你的是路的崎岖
让你品尝汗水的滋味、疲劳的彩色
人生首先领悟的是步履
于是在行囊中开始装卸
脚步踩印着你的追寻与情欲

种了豆很可能得瓜
响晴天忽然也会下起太阳雨
成功像位快乐的公主
较多的是痴迷较少的是熟虑
遗憾却是一位深邃的哲人
在眉宇间凝聚着幽深的记忆

我坦荡地告诉耿直的年轻人
善良的血型混进了沉郁
它对谁都轻易信任与感激
不知道被褶皱的岁月里隐藏着抽搐
弥合创伤的何止是忧郁
忧郁容纳不了开拓进取的劲旅

夜

夜煮熟了放在锅里的赤诚
人生的追求就是一堆烧不尽的柴荆
渴望在没有窥视的寰球里沐浴
老翁在河边垂钓座右铭

真善美在大海里冲浪
月是夜的轮子旋转世界的梦
只有北斗星在天宇晾晒古老的记忆
给自由的夜挂一盏永恒的天灯

火焰的启示

一盏油灯在寂寥的房间
也能引起如火如荼的怀念
它能成为人生旅途的驿站
点燃着沧桑的变迁
闪亮是一种感情淬火方式
思索之路常常用光与热去祭奠

有了心灵的寄托
一根火柴可以把欲念点燃
它能抽打爱与恨的脊背
它能煮沸刚直不阿的诺言
当火抚摸遍体鳞伤的期待之时
它是铸造远征的船

倾斜之际，那是风的诱惑
燎原之时，那是固守的背叛
坦诚一旦进入肢体
也会疯狂地成为辉煌的顾盼
当火把所有的沉重化为青烟之日
那是它冶炼着宝剑

离 别

不要把泪珠丢在海滨泥土
这块黑土地已成了高速公路
它从寒冬正通往春天
探索者怎能不走遍海岛江湖

岁月把信赖温柔地靠在我的肩头
北方学会了把恋情进行冬储
亲近正给疏远敬酒
命运总不会让我们成为遗孤

哪怕是天苍苍，海茫茫
这块芳草地也会成熟几粒醒悟
大海拉开了没有星斗的幕
足够我今宵阅读

无 字 碑

在这里你妩媚过，渴望过，沉酣过
青春湖中飞扬起快乐的征帆
今天，天漠然，云漠然，夕阳也漠然
送给你的是寂静的港湾

你是海岸线上的无字碑
只有记忆向远方伸延
剪不断的情丝缠绕着忧郁的岁月
眼前遗落了多少斑驳的箴言

只自罂粟花爬出墙院盛开着
飘逸在心灵的空间
有遗韵没有组成不同音符的弦
有潮汐没有找到属于自己的岸

台 历

无脚的飞行特使
在岁月的云层中默默地飞移
无翼的季节鸟
迈着均匀的脚步送走了险夷
步履沿着每秒钟踏响的记忆
开始从古老的山顶滑到开放的区域
再巧的女人用针线也缝不住今昔

也许一页日历
足够我进两步退一步
走进银河系的彼岸
可我还没有鹊桥度过人生的雨季
怎能是岁月的匆匆过客
在新世纪中找不到自己的户籍

再寂静的角落也都有感情的空隙
任你选择、任你冲刺、任你结集
再苦涩的思绪也会掺杂着甜蜜
从多侧面受到立体交叉桥的启迪

人生总会有云的起跑、雨的站立
在时光的跑道上
每一页日历都是百米接力
翻走了功过谁能计较
扯走了青春谁能挑剔

雨雨、雪雪
雪雪、雨雨
年华在飘逸中立足回首
去迎接一个又一个希冀

感情驿站

相依的唇齿依然地打开了门窗
愿意吮嚼记忆的流芳
每块有滋有味的细节都会成为感情的驿站
烽火台在夜里也传递憔悴了的预防

我是固守坦诚的独生女
娇养惯了的耿直不知道彷徨
孤独也是灵魂富有者的恩赐
无垠思索的大海任我远航

返璞归真是一棵供人品尝的古橡树
枝丫间垂挂着岁月积存下来的炎凉

上　岸

走恩怨的路也需要虔诚
几百罗汉久住在古刹里
几百游子在外寻觅人生的夙愿

命运像条船
拼搏是桨，追求是帆
只有意志力才能上岸

雾

不知走了多少弯弯的小径
鞋后跟磨去了我长久的安宁
咫尺天涯
心空留下多少苦涩，多少温馨

黄昏叮咛我要做飘逸的梦
我们该走向成熟走向纯净
在事业的土地里耕耘

为何你带着忧郁走来
沿着潮湿的小路
也潮湿了你的眼睛

我不怕雨，雨后可出现彩虹
我不怕风，风可以把阴吹晴
澄清感情的颜色
澄清羽毛的丰盈
我担心的是你潮湿的信念
潮湿了的忠诚
假如你只追求高贵门庭

那真不如去重叩图腾
假如你只索取华丽的声誉
那不如去拥抱历史遗留下来的虚荣

我们不能长久地在雾中
让阳光梳洗我们的感情
走出朦胧
留下坦坦荡荡的身影

慰　藉

是黄昏，遥望海港之夜
秦皇岛灯火辉煌把生活装卸
是凌晨，寻觅大海遗失的梦
捡一些沙滩上彩色的慰藉

谁都想在这里看大海日出
把火红的期望接到游子的心中
日朦胧，思索也朦胧
大海哪来那么多波重浪叠

假如人生旅途在幽燕间歇
站立起来的命运不会倾斜
岩壁上的鸽子窝尽管遗失了
石缝中还保存大海的请帖

当你回眸岁月

你的征途好遥远好逍遥
一脚迈着繁忙
一脚迈着寂寥

繁忙的季节蜂蝶翩翩
寂寞的时分一片蓬蒿
感受奔波人生充满诱惑
品赏孤寂的处境与旷达相邀
在生命不多的岁月里
谁也不想随波逐流了
青丝白雪化为潮
哪怕再有一次有价值的醉
生命的船总会抛下最后的锚
抽线剥茧从不觉累
季节的转换总会静悄悄

人生难得一个尊敬
奉献与获得都很玄奥
当你回眸岁月
人世间依然春寒料峭

你的征途好艰辛好深妙
一脚迈着坦诚
一脚迈着丰饶

窃窃私语

用雪堆积的墙
阳光一出来就瘫痪成废墟
用纸做成的巢居
风一吹就毁了你的庭宇
小道消息是个秃头者，怕风怕雨
想扩散才嘴对耳朵地
嚼碎了唏嘘

窃窃私语是带腥味的
破落是贵族的陋习
坦荡的品格过于贫瘠
先是东张西望，捕风捉影
后是对着耳朵造成对方一次次惊疑
由近而远地摇曳别人的生命树
由远而近地传来一次次战栗

清道夫只好在你的嘴边除草
省得荒芜了人生四季
你想把花枝折断插在自家瓶中
篡改的篱笆触目可及
充满尘埃的语言之剑
切不断人生路
大路旁依然开着不动声色的秋菊

敲 门 声

咫尺天涯一道门
联结着感情世界的风云
我在门外站立成一株树
带来了一个开花季节的温馨

我知道你关门饮着思念
饮过阴差阳错的梦
饮着关门已久的记忆
煮熟了的咖啡已冷

你的门上了一道幽怨的暗锁
锁着寂寞的人生
我是来敲着心头的承诺
敲着至死不渝的虔诚

敲门声怦然动情

无语的帆

慰我心者，瞬间与永恒也亲密无间
有追求，就会迎接岁月的变迁
安我情者，遗憾也有自己的门闩
人世间有更多美好的港湾

我站立起来的信念很自然
躺卧着的委屈也很自然
我不要穿鞋，也不要加冠
奉献与获得都是无语的帆

爱得越深语言就越真实袒露
贴得越近，默契才如期而至
哪怕缺点也有滋有味地喜欢
纯真的本性从来没有焊接点

岁月怎么也冲不淡人生的记忆
我的泪润湿了帆的誓言
让我永久保存着青春的红晕
在山为美人松，在水为并蒂莲

是谁……

是谁在你心底里开辟了
一条幽深的小路
弯弯曲曲地伸延到相思峡谷
你想借助于草丛把它遮掩
道旁长满了孤独的苦恋树

是谁在你的杏核眼里挖开了
一条隐秘的泪泉
潺潺地流淌着岁月的沉浮
从此你每夜培植着"勿忘我"
密密麻麻地生长着妩媚

于是你开始在心上建筑新的楼阁
朝朝暮暮情愿去含辛茹苦

我是桥，永远餐风宿露

总是有多姿多彩网状的路
大路、小路、岔路、绝路……
属于光滑的通往水陆空博大的空间
双翼、双桨、多轮的都驰向归宿
属于泥泞的越走越艰辛越苦涩
悲欢离合都汇聚在封闭的小屋
属于坦荡的在快速中摔了一跤
在信仰的驿站中结识了新的门徒
属于崎岖的充满浑厚的号子声、沉重的脚步声
肩头上、手掌里长满了坚定的筋骨

我是桥，桥不属于我
用忧郁铺面，用诚挚立柱
永远餐风宿露

总是有多种多样网状的路
高速路、牛车路、柏油路、石板路……
属于世俗的越来越少的加石加土
路面还有人踱着方步
属于创新的压坏了多少铺路人的肩头
几千年的负荷量难以加速

属于耿直的总是多灾多难
连岁月也淅淅沥沥地下着贫苦
属于弯曲的结交了侠朋义友
大河飘走了荣辱，高山却挡不住他的成熟

我是桥，桥不属于我
喜怒哀乐，闪光似的在桥上穿过
支撑的期望，沉沉浮浮

感 应 处

眼睛与眼睛的感应处
心灵的焦距总是对着意象美
不管是相逢与离别
都会萌生出几朵忧伤的妩媚

语言与语言的感应处
屈原洒下了三千净水
洁白与殷红的感应处
月季花在广寒宫里欲开如睡

贤良与慈善的感应处
足能铺满通向养心殿路轨
傲慢与偏见的感应处
多一座立交桥，缺一条腿……

星 星 恋

宇宙的光波，你怎样的看我
我一生都迷恋天上的星座
童年，我曾在黄瓜架下
瞭望着天庭里飞旋的陀螺

用你的光组成了天体的星河
用你的热育成了天庭的花朵
和睦、安详、有规律地旋转
汇成了天宫欢乐的生活

是啊，星星给予我启示
鼓舞我不断在人生中探索
我曾跳进五星河里去捕捉
只有在水中，你才靠近我

河水宁静了，你袅娜地走来
唱着初恋者的情歌
眼睛里送来了闪闪的秋波
等我捞取时，你又顺着波浪跑去

假如太阳给予强烈的炽热

星星却给予女性的温和
你宁肯让位于黎明消失自己
也不愿和乌云、风沙结合

我爱星星贤贞的情操
在艰苦岁月里默默地伴随我
和我一同去追赶土匪
为哀悼死难的烈士，泪雨滂沱

一次我在客轮听完广播
心中的星星立刻被乌云吞没
我像从甲板一下子跌进深渊
从此，我生活的小舟更加飘摇、颠簸

假若星星是富有生命的精灵
生活也必然有喜怒哀乐
那个时候，为什么躲躲闪闪
不到人间做客

今天，我会见了地上的"星星"
在海滨城市里的一次巧遇
宁静，夜星十分清澈
徐徐的风吹进了我的心窝

他不是一位俊俏的姑娘
而是一位年纪不小的同伙

三十年坎坷的旅途
使他的脊背有些微驼

他向我叙说逝去的历史
拉大锯，留下了多少锯末
可以堵住人间的沟壑
可以填平天上冷酷的银河

尽管征途中寒风萧瑟
命运也并不算刻薄
他今天正挥笔作诗
写他的《太阳》，也写对妻子的恋歌

单 身 汉

二十五岁不是人生二遍庄稼地
刚刚铲除了媚谀又萌生忧虑
你的果实行运在信息的渠道中
运送蒜薹的车载满了人生的娇绿

母亲在耳边已说成一堵很厚的墙
你还是孤单单在妈的北炕上巢栖
古老的乡俗吹不开心中的玫瑰谷
毅力就是创业者的一把耕犁

双　眸

假如你的眼睛是心灵的袖口
欣然向我伸出一双友谊的手
真诚均匀了我们的距离
我就是结满硕果的深秋
步履淡季也会把信义坚守

假如你的目光是爱的航标灯
温和的光束远射着苍茫的码头
捕捉着瞬间的人生炎凉
我就是满载探求的轻舟
行驶人生不怕远近的寒流

假如你的双眸能凿开心灵的断层
把打蔫的岁月加倍地灌浆
感知的热土伸延心灵的渴望
我就是百耕不累的黄牛
系结你在屋檐下反刍着淳厚

我走进了大会堂

我以无比壮阔的大步
走进了大理石砌成的门廊
看地上铺着丹红的毯
正通向大会堂的中心会场

这一生啊，我所走的路
并不是很长很长
可从我记忆中出入的门中
构成了漫长的联想

诞生在山区马架里的孩子
从学步那天起
走来走去的是苦难的门窗
生活的路，通向何方

父亲从这个小角门
跨出去奔走逃荒
母亲天天望着悲风苦雨的窗外
泪水在小板门上流淌……

这角门啊，虽离我已有漫长的时光

家乡披换了社会主义的新装
可在我的心目里
树立起难忘的形象

就是从这灾难的小角门里
跨出去拿起革命者的枪
从林区的山路，打到地主的院墙
从松花江边走到天安门广场

几十年革命的征途
使我走进了多少门窗
这革命者的足迹
是一条红色的诗行

今天，当我走进大会堂的门廊
我知道她通向世界革命的心脏
多少国际友人从故乡来到这里
又从大会堂走到故乡的战场……

桀骜不驯的呼唤

为什么你总喜欢依偎夜晚
在一个墙角舒展你的心愿
这年头，老实很不值钱
坦诚常常在下海中被淹
信义在岸边悚然伫立
圆滑在红灯绿酒中窥探
可你却在大街小巷里铺上货摊
叫卖耿直、收买廉价的忧患

本来你心灵的伤口还未痊愈
岁月又促你进行一次高攀
也许这山太美了，每一次云雾缭绕
你都桀骜不驯地呼唤
一连串地丢掉了遗憾
与生产力结缘相识恨晚

渴望也是一种心灵的骚动
幡然醒悟的追逐尽管蹒跚
可你不愿有模棱两可的意念
再一次把智慧装进新的陶罐
把自己作一个时代的轮子
年华依然旋转着美好的夙愿

致诗友王书怀

像一眼山谷中的泉
在严寒季节闪动着它的微波
流呵，流进我的梦里
汇成一条怀念的河

我坐着你诗中的桦皮船
同你漫游呼玛河
我摇橹，你吟唱
摇来一船北方粗犷的歌

　　诗友，是不是泥土当笺泉为墨

梦路引我在北京西山楼阁
臂挽学昭去欣赏红叶灼烁
一对在小院里长大的苦孩子
被周总理邀请去观看十月的焰火……

相聚又分离，思情难忍
黑豆蜜的酒汁还滋润我的喉舌
你在宝山村写了"这铺炕"
我在春城编织着期刊的花朵

诗友，何时家里做客，对酒当歌

那童年记忆的情丝扯也扯不断
拉爬犁卖烟糖，奔走寒街
把每一块冻币攥在手中
交学费，把它焐得滚热滚热

打瓦、读书、练武、看纸牌
你爬树，在鬼门外去掏老鸹窝
除夕，我放炮，你捂上耳朵
火炕上，小唱本给我们带来童年的欢乐

诗友，岁月的河洗练了一对倔强性格

荒诞的十年，我们白了鬓角深了皱纹
没有音讯，只听你唱一首"张勇之歌"
什么时候，你能斩断捆在身上的病绳
再唱一首小老板赶着北方的快车……

生活之树，不能让寒风把枝叶吹落
人生之船，怎会在病河搁浅
借一片流云，捎去我的祝愿
等待你采撷新生活的花朵

诗友，相思人最懂得爱的饥饿

南 泉

——给诗人沙鸥

你说你不喜欢游览大山
专门步履祖国的江河湖川
刚刚在大宁河穿过一线天啊
又在花溪里品味着玉泉的蔚蓝

你有一双翅膀总在湖边盘旋
撮记着起伏的山峦，帆影点点
刚刚离开了莫愁湖
又飞到了花开不绝的太湖畔

赏荷厅里你飞出了一首首诗
又在青海湖的鸟岛与至诚相见
什么时候，你又到了洞庭湖边
和范仲淹商讨《岳阳楼记》是否刚健

你是候鸟，永远追逐着春天
今天，你陪我飞到了水珠如线的晴雨泉
在花溪岸边的板石路上
思索着仙女洞上的怪石高悬

塞北的独秀峰

——写给诗人梁南

你的诗是钱塘江的潮
是灌县的都江堰、泾县的桃花潭
可我与你相逢在大兴安岭的老林中
一起种植过人生的夙愿
你成了埋在深山老岭里的老山参
越是古老就越剽悍

你的诗是运河上的舟
三峡的古道，上海的小豫园
可我与你总在松花江上摆渡
迎送来来往往岁月的拖船
那纵横交错的风景
你的诗在各个港口都有庆典

你的诗是玉泉的老窖
瑷珲的古遗址，塞北的桦皮船
有醒又有醉，有苦又有甜
无姓名的玄语切割着世俗的偏见
你拥有那么多的常青藤绕满心宇
每一个嫩绿的叶脉都有诗的港湾

心灵也有沉落的时刻
深沉成夕阳眷恋漓江旁的峭壁
可你的征马在壁旁也不卸鞍
感情更多的时分是升腾是兀立
总在独秀峰上爆发灵感
我只好在日月山上感受你的文刀诗剑

你是我贴身的小棉袄
——写给女儿杨莉

你是我贴身的小棉袄
这是老友对你赞美之称
我确确实实感到了小棉袄很贴心
很欣慰，很温馨

82岁的老爸与53岁的女儿
女儿已到了上有老下有小的年龄
小棉袄在漫长的岁月中含辛茹苦
繁忙的工作又有不断的喜讯

病中你日日夜夜在我病床旁护守
又总常常回家看看拿着各种果品
你的敬业与真诚获得了熟人的尊敬
你的清纯与厚重成为我心中一道美景

我有你贴身的小棉袄
岁岁年年才不感到生命的飘零

诗之道，非常道
——赠著名编辑家罗继仁弟

岁月的时空总是阴阴晴晴
从没被你诗的信念干扰
年华的进程总是坎坎坷坷
从没减速你编著诗的跑道
一筐一筐的诗筐
可以围几圈沈阳城
可继续培养几代诗人策马扬鞭

你用一生组装成的意象像满天繁星
有的清新，有的朦胧
有的飘逸，有的离骚
对于诗，你是诗之仁、非常仁
用"仁"字做了人生的长跑

只有小我与大我融合才能成为大义
具有人间烟火味的诗才能被赞许称道
你是诗舟的摆渡者、弄潮儿
行驶之路从来不怕风雨飘摇
对于编风来说，你是诗之义、非常义
网络站上的诗像繁星闪耀
摆渡"义"字从来不怕波涛汹涌

摇来的好诗多多，摇得你满身豪气
是你的慧眼、公平和勤劳
《中国诗人》才能挺拔与俊俏

说你的道行，标准要求得很高
对于编辑来说，敬业就是诗之道、非常道
五十多年你成了诗之道长
在五台山上有诗徒为你祝愿
在孔府庙宇中有诗友祝福《诗潮》

说你的德行都很称赞
为人作嫁衣总会很少人知晓
可以说当伯乐就是诗之德、非常德
五十多年来，为未名诗人培土浇水
为老中青诗人发诗从未松过手，停过脚
南方的檀香木，北方的樟子松
西方的青海湖畔、东方的西湖三潭印月
看来德、义、道、仁也与时俱进
东西南北网络成了快车道
古老的年华却有现代化的头脑

五十多年前，你还是松花江畔一株小草
那年轻桃园三结义组成诗的小分队
与束棘、杨济中一起
在抗联的宿营地采撷诗的花蕾
《在杨司令走过的路上》写出一首首泣血的诗章

你在中国的诗地里执着耕耘几十年
走一生的诗路，再辛苦也感到很逍遥

五十多年后你成了诗坛中一棵老树
沧桑了，还有多少诗徒诗友在你树下乘凉
从已故诗人黎焕颐创办的《中国诗人》这朵诗葩
被你接过来，继续盛开在中国的诗园中
信念还在时空发酵
几代诗人都成了诗界中名花贵草
唯你还在为诗之国吹号

太阳刚从东边露头
你就敲着诗的晨钟
月亮已从西边落下
你还打着诗的暮鼓
你一生情未了的是诗
执着得像钉、像铆
钉钉铆铆组成生命的画卷——
仁之厚、德之高、义之长、道之遥

月 岛
——写给畅园

命运使你一脚就迈出了月岛
三十多年跟随着你的青春也受了委屈
天南地北地种植了那么多红豆
爱与恨都在地窖里酿造诗的霹雳
那充满魅力的年华苗条成不老的嫩江
岁岁年年围绕着你的崎岖
月岛上每年花期都在呼唤你
你却在日岛上晾晒拾回来的记忆

今天，你又一脚踏进了月岛
散发着你三十多年营造的奇花异曲
一切都那么自然、炉火纯青
未改的童心湖摇曳着几株芦絮
猛回首，人生旅途那么曲折
世界上的真善美成了讨价还价的闹区
月岛上每个仲秋月都在怀念你
你终于归来了，一个智者的远虑

这一出一进就是三十年
风风雨雨曾泥泞过你的机遇
可你早已成了丹顶鹤有了翅膀

秋去春来衔着生命的哲理
落叶归根了，依然在舞厅中轻盈地旋转
仲秋月被你旋转得泛起了涟漪

夜重庆

——给诗人杨山

也许这里的白天，人们都在建造万花筒
夜里五彩的灯花开放在山城
也许这里的人们最懂得彩色的生活
山与水、地与天、船与车、车灯与流星
都在亲密地叙说着朦胧的恋情
云的浓重，雾的迷茫
赋予了山城传奇般的眼睛
遥远的历史与光辉的未来
都衔接着一个仙境
要不嘉陵江与长江怎么汇聚在朝天门
两条水路留下了一首首诗的倒影
枇杷山上的千佛手才摘下了满天繁星

何止是松竹、翠花的媚人
我领略了麻与辣的属性是至诚
人们的姿容十分秀美
感情上的含蓄像苍茫的夜幕降临
岁月给了你多少诗情啊
我数着满天的星星
摘来我那橘红色的感情

献给诗友和充满时代感的山城
——祖国最好的水、旱盆景

你背回来的真诚，积成了古墙壁

——写给陈士果

你走的路又笔直又弯曲
背回来的真诚，积成了古墙壁
那壁上几条龙我忘记了
只知上面有驰骋塞北的骊驹
穿过政门、诗门、玄门……
门里门外捕捉着人间的雅趣
你读了二十多年大兴安岭这部大书
乡恋使你成为当地一株老青榆
风风雨雨、烟烟火火
你才觉得塞北也有蔡文姬
新的胡笳十八拍在老林子里回荡
醒悟的果实足够咀嚼一个世纪

你质朴得像故乡的东西牌楼
任风雨敲打也耿直地站立
你纯净得像大兴安岭的老泉眼
流出来的善良也透明在河床里
很多花草都时过境迁了
可你还在这块土地里萌生记忆
世界上最亲近的词汇莫过于母亲
她缔造的爱足够人类的欣愉

一个眼神、一声呼唤、一个叮咛
你都默契地行走了几千里
哪怕老天闭上了眼睛
也截不断你虔诚的步履

我们都是同林鸟
——答好友未凡赠诗

我"不是逢人苦誉君"
你却是"亦狂亦侠亦温文"①
情与义就是你我一生一把金钥匙
锁开了品格上的侠义，锁开了事业上的豪情

我们都是同根、同树、同林鸟
飞到何处都想喜相逢
几十年的征途催人老
敢问苍生还有几度春

年年看你诗文中的杏花雨、杨柳风
平凡的事态，未凡的情
忆往日走坎坷路肝胆相照
途中有默契，总有柳暗花明

晚年不怕年华之门半掩黄昏
猛回首，窗外夜深听雨声
世外多少尘世门外等
梦中，你和我与老友继仁对酒吟

①龚自珍诗句

秋水涓涓的季节

——写给诗人涂静怡

有花为契的初衷
也有花落为尘的钟情
逶迤而来的生命的向往
翩然而至的温馨的风韵

你含蓄得像一首诗
行行节节都好深沉
感情伸延宛如涓涓的秋水
汇聚在遥远的诗林
本来你是属于仲秋季节
依偎在枫树旁
去阅读盛夏追寻的花荫

也许你有过刻骨铭心
黄昏时，有人轻叩你的家门

底　蕴
——写给友人

匐然倒下，又款款走来
生命的进程给你多少嶙峋
火种借鉴于开花的季节
思翼穿透了七月的天空
蓝天与道路谁能阻止
耕耘者总有属于自己的花茵

行走，双脚一前一后的交替
有冷才有热，有远才有近
不怕人生有过瞬间的感情肢解
在疼痛中也要跨过一种风景
有船就有岸，有岸就能沙里淘金
誓死不渝也是一种功勋

困惑只是阴雨连绵的午夜
睡上一觉就会接近黎明
请你不要自称是片过火林
经过火的洗礼就懂得收割的感情
痊愈过后你走路就会有声有色
从季节的惨白走向人生的红润

真情没有户籍
——写给李琦

从日岛到月岛
这是一段纯情的距离
近的每天每夜都可串门
远的连苍鹰都无法巢栖
生命有多少驿站可走
我在月岛的站台上送你

你走了，我孤独成一杯绿茶
浸泡着人生艰辛的别绪
那伸长了记忆的叶片
都已沉淀在浓情的碗底
也许这是晨鸡报晓的时分
火车一声长鸣警醒了我的逶迤

可你的《天籁》没有走
伴我南行的故里
你把欢乐撒在跋涉者的眼中
把凄苦种植在断肠人的心地
真情没有户籍，只有纯净的风景
用双轨路去追赶一个座席

丁香叶儿

——致友人

谁说没有翠绿的虔诚
心再苦也要把生命之树支撑
花儿怒放时你悠然而至
承受着不可逆转的命运
一生都没有蜜蜂的采撷期
苦涩需要裁剪你没有年轮
宽容得先让花儿开放
然后你才繁衍自己的悟性

采春的老人说你命硬
尽管你是不折不扣的钟情
晾晒人间的情愫一半会儿不干
秋雨又润湿了你的憧憬
折枝的人早已在另一花丛中醉去
护守你的人在栏栅外不报姓名
你是花的嫁衣，树的眼睛
诺言到了飘落时也要归根
哪怕被扫大街的老人夜间把你拉去
清晨，寂寞的枝丫间还有鸟的清音

十月秋菊

——致友人

凝重的十月秋菊像你
你像凝重的十月秋菊
成熟的年华更有亮色
多一些秋实，少一点记忆
你久立的窗口没有栅栏
窥视过人间匆忙的归期
疼爱之情永远不会苍老
温馨可以醉倒好汉一个世纪

忧郁不会把你的脊梁压弯
在季节的分界线中没有超越的根须
在深秋时节开成的许诺
花瓣上的露珠闪耀着和煦
谁也不想摇落你的寒露期
你的深居中有一条长流的花溪
没有格局的生存也会刻骨铭心
刻骨铭心才是你生存的格局

桃 花 红

——给友人

你把秋波投给了青罗阁
双眼溢满了人间的凉热
那鬓角上的常青藤
足够我一夜的切磋

你是孤江流向幽谷
你是独山萦满烟波
郁郁葱葱的事业
刚刚劲劲地奔走
母亲惦念你
——用千尺耸峙祝词
弟弟埋怨你
——用万里碧波开你心中锁

你呀，遗落了多少良机
为何不把思磨山斟酌
快去追赶晾干的岁月
点一把野火
深秋放舸

赠诗友

躺下去是大湖
任沉重的舟艇摆渡
站起来是瀑布
追寻的步履从不踌躇

第三辑

关东之恋

关东，立夏前的一场风

风，在关东是绿的酵母
老黄风在空荡荡的枝条上写下姓名
一瞬间把几千里的树木刮绿
好酩酊的梨花情

这场风像蛟河烟一样有劲啊
连窗户缝都在呼鸣
每一个背阴角里的残冰都失去韧性
它刮来了关东人能够抚摸得到的憧憬

也许这是残冬与初夏的交锋
把春挤得侧着身子走到河汀
关东人把春早接到心里
和春一起图写一个很美的画屏

这场风能抽干关东人的懒惰
像季节钟一样把沉睡的耕犁敲醒
这场风能刮来关东人的豪情
让我们赶紧去领取岁月的馈赠

长白村

在一片白雪中逢春
——风姿婷婷的白桦林
在冻结的深处流淌着夙愿
——火红的炉旁舒展着羽翎
天池水赋予北方古老的使命
伐木场上解开了衣襟

我们富有红松、青杨、紫椴木……
也富有开拓生活的恋情
满山满谷再生的落叶松啊
长久地做着神奇的梦
几缕炊烟在鹰嘴峰下
图写着长白村的骄矜

岁月本来给塞北更多的蹉跎
再没有比高寒区更珍惜光阴
我们的豪气与酒同在
杯杯斟满了憨厚与温馨
那一长串用脚步踩成的雪路
正通往春的浓荫

山东籍贯

曾经把荒芜当帷幔的
没有足迹没有苏醒的群山里
萌动着闪闪烁烁的梦幻
闯关东的集团军在这里
袅袅地升起了第一缕炊烟
炊烟在清馨的上空抒写山东籍贯

一双双走不烂的铁脚掌
早就踏平了往日的恩怨
一筐筐篮子装的儿女，硬煎饼……
岁月的雨冲跑了心中积存的遗憾
敢把乡音浸泡在长白湖中
山东人最能乔迁陈腐的观念

在远方编织耿直，编织憨厚
编织缠缠绵绵开拓者的故事
在滚热的火炕上铺上了爱恋
别看柜里还保存着虎头鞋
和窗外开谢了的一簇一簇的思念
思念的帆早已在北方靠岸了
老人在彩色的生活中成了酒仙

丁香啊，丁香

我如此倾心于你，丁香
等待着共同走向幸福的彼岸
谁说你成熟得最早
最早懂得北方的春寒

难道你永远属于春天这边
一点也不肯向盛夏乔迁
是你的娴静，还是高雅
不肯吃一口夏日的露餐

我知道你有过生活的悲酸
征途上写下了紫色的花笺
你从不向轻浮者追攀
把芬芳通宵达旦地投给人间

你的爱情之马还没卸鞍
要和真善美结下了难以分解的姻缘
我知道你有严格的道德峰峦
最通晓怎样走进圣洁的花殿

要爱就爱得虔诚自然
钟情者何必强加红颜
什么时候，我能打开你心中爱情的门闩
把你羞红的脸用绿叶遮掩

桃山看日出

是你拉开了昨夜的帷幔
大清早就睁着惺忪的睡眼
欲望从桃山林莽的缝隙间穿过
枣红马还没有备鞍
买豆腐的小孩端一碗满满的遐想
从黄蒿枝丫中走过
叫卖声从山谷里回荡
豆腐盘上滚动着一团团云岚
跑冰排的河床依旧赤情
谁也不怨呼兰河的峭寒
大雪封山之日正是狩猎者开心之时
旅游者已捕捉了小兴安岭的梦幻

猎

有严寒才会感到篝火的炽烈
有奔波才会感到停歇的喜悦
艰苦与香甜也需要有一点衔接
你看老猎人一口煎饼一把雪地等待着——猎

不露宿怎会觉得火炕上的亲切
不爬山怎会找到野兽的洞穴
人生啊，有时需要步入艰险
你看山民对生活的一种独特的采撷——猎

涮……

坐在桌上的铜火锅
火炭正不停地爆破
汤开了。来来来，涮……
全家人的筷子都伸进了这沸腾的生活

唯独老木把这双筷子在锅前斟酌
展开了他额头上皱纹
他是为家中有了大学生而欢乐
还是对这新生活进行思索

过去他的饭锅盛满着困厄
苦涩在泥泞的心塘中跋涉
是党赋予林业工人的金钥匙
打开了新时代富有的金锁

香味儿正在火锅里滚动
来来来，涮出了满屋春色
他们的心像火炭一样的炽烈呀
正等待着唱一曲林业的新歌

牛车归来

车轱辘碾倒了山冈上的小草
两道辙印写下了一个秋
牛蹄子踏散了蓬蒿的种子
隐藏在草丛中把新春等候

刚进城卖山货归来
牛车尾堆着一串空花篓
车上坐着一对男女青年
任凭老黄牛的脚步慢慢悠悠

戴花头巾的姑娘手拿着刚买来的录音机
正放着抒情小曲："离别了，朋友"
手持牛鞭的小伙子坐在前车板上
双肩扭动跟随着音乐的节奏

什么时候在心中播下了爱情的种子
在这深秋季节将要丰收
他们在落实党的农村政策中约会
共同酿造这新生活的美酒

岁月的回声

昔往矣，你有过长足的耕耘
年华冲洗过睿智的心灵
你是大地的顽牛，栖息时
还倒嚼着不易熟烂的心事
瞬间与永恒像两只瞳仁一样闪动
初春与仲秋都有各自的憧憬
同太阳一起沉浮
同月亮一块迭更
一如既往地倾听着世界的足音

一切恩情都记忆犹新
一切委怨都飘浮无影
不管你曾挎过土枪
还是在人生领域占领过高峰
天地永远也不会苍老
唯独人生常感到岁月的紧迫
都有逾越不了的风景
退出阵地，你依然是位老兵
豁达是智者对岁月宽容的风度
一种燃烧的落叶之情

飘逸是勇者远足的自信
一种冷色的超然自信
对时光的珍惜都有独特的方式
暮年也有一个新的起程

萧红故乡的碾坊

仿佛你刚从河边采撷露水归来
裤脚还散发着野艾蒿的芳香
仿佛你又走进糠秕飞扬的碾坊
给老伯端来了一碗姜汤
童年的思绪顺着碾磐的缝隙
伴着北方人憨厚的笑
伴着谣曲、伴着岁月的惆怅
歪歪斜斜地走在碾道上

绵延不断的沉重脚步
已踏破了记忆之窗
磨碾不完的生命体验
把悲喜昭示在古老的北墙
你从小就在这里悟出一句格言
小油灯也能点亮《生死场》

今天，小碾坊依旧原样展示着
萧红，你可否再一次旧地重游
欣慰地坐在门槛上
咀嚼一代新人焦灼的渴望
那被碾出来的人间凄苦早已遗忘

你还在辨认粮秕辨别善恶
刹那间碾出来小镇的晨阳
房檐上的鸽子飞向远方

我是你窗前的樱桃树

你曾用清水润泽过我的岁月
泛绿的日子，我才送你一树赤诚
你曾用剪刀剪裁过我的顽皮
酷热的季节，我才送你一片浓荫

感情已圆圆地结下甜蜜之果
无悔无怨地站在你的门前
为何你总是家门虚掩
秋天来临时，莫怪我冷漠无声

我是用樱桃的赤红燃烧你
让你打开渴望之门
柔与韧是两种不同的情韵
总会交替地主宰着一生

月亮爬上了窗格

邂逅在充满哨音的小村
又被拆迁到了野菜坡
这里繁殖车轱辘菜、婆婆丁
也繁殖无名姓的颠簸
伸手可及的是塞北的石头
放眼可见的是两腮的阡陌
光滑的十字街头有诗人的步履
远眺通河湾有独特的记忆停泊
航标灯在江中辉映苍茫
今夜，你的衣衾是否单薄

当我沉浮在野菜坡的梦中
沿江的堤岸上横锁着许诺
下弦月已在波涛中摇摇晃晃
有人在拐角处唱着情歌
歌声萦绕在另一个风景线
梦幻使空旷的房子装满了寂寞
野菜坡是人生旅程中的驿站
雁南飞，排成人字阵
通河人有酒招满亲朋
月亮已爬上幽深的窗格

夜过巴彦港

我是用三十年思乡的木桨
摇摆着游子梦中的诗行
大浪正拍打着心灵的小窗
瞳孔遥视港上的繁忙
沉睡的土地背负着橘黄色的秋意
草绿色的飞虫扑打着灯下的苍茫

那养育我的黑土地啊
比我还年轻，露出了浑圆的肩膀
我多想跳下船去拥抱你
大船拉走了我的凝思
年轻的港务人员看我深夜探望
摇手送我驶向岁月的远方

乡　情

假如故乡是一株老树
我的乡情就是树上的巢
喜鹊会在黎明时分登上高枝
乌鸦会在黄昏时节高空旋绕
编织着一曲曲浓重的童谣

假如故乡是一条大河
我的乡情就是河上的桥
大小车辆载着黑土地的盛意
男女老少怀着吉祥的预兆
山高路远我也期待快马扬镳

北方节奏

一年有六个月的冻结期
扬扬洒洒的风雪灌满衣袖
坐在爬犁用鞭儿甩掉了天边月
把火红的期望拉到家门口

北方人从不怕烟卷雪的黄昏
再寒冷的三更过后也会有冉冉的日出
他们不等鸡叫就起床了
心灵的炉口早已点燃着追求

一旦解冻了，阳光直射着黑土地
桃花水冲来了欢乐的节奏
桃李梅太贪恋了春汛
一夜间开放着憋了一冬的风流

东 北 虎

走路，一个足印就是一朵梅花
奔跑，森林里飘浮着一片彩霞

眼睛里饱含着岁月的幽怨
看穿了峡谷、山崖
骨骼中蕴藏着镇惊、镇痛的元素
又分解出凶猛与文雅

称王者必然走向孤独
拔萃者才能采撷众华

梅 花 鹿

有时它迈着碎步
在林中踟蹰蹒跚
有时它悬空奔跑
蹄下扬起了一道雪烟

尽管长白山区如此高寒
它对故乡却无比爱恋
身上缀满了美丽的斑斓
又把茸角在头上偷偷长满

鹿

雾中的山
山中的雾
山雾中站立一只梅花鹿

是猜疑
是踌躇
惊视山中踩出的路

听斧音
在远处
发现普察队员正筑屋

雾中的山
山中的雾
山雾中飞跑一只梅花鹿

紫　貂

别看它体态娇小
对大自然有独特的思考
别看它习性羞臊
却有一身柔滑的绒毛……

火爆的性格从不知什么是寂寞
也从不夸耀自己的珍贵、乖巧
隐藏在密林深处敏捷的行动
安静下来又用牙齿把生活咀嚼

鸳　鸯

头上戴着黄、白、红、绿的羽冠
明眸里脉脉含情
谁是爱情最早的苏醒者
长白鸳鸯在寒冷的河中有火样的感情

钟情者何必需要动人的歌声
看你怎样对待平凡的一生
假如爱情有了坚定的信念
根植在北方的生活之树也一定常青

青春赋予长白鸳鸯彩色的羽翎
春风吹开了它们感情上的衣襟
在生活的道路上留下什么样的步履
纯洁、善良和美的灵魂

生命之泉

——纪念党诞生六十周年

心中一个盛大节日，点燃了感情的灯盏
用我的光热表达对您终生的爱恋
强劲的春光已经吹走了寒云
我们正奋发地去迎接时代的春天

农家的孩子用什么来表达对您的信赖
我把炊烟当成祝福的彩绢
我是一滴水珠，投入您奔腾的激流
跟随您编织着历史的锦缎

也许人们心底里对现代化处于渴望的干旱
是党啊，及时送来了生命的甘泉
也许人们对新生活有更多的欲愿
是党啊，打开了希望的门闩

尽管历史曾有过云雾迷蒙
我们心中的泉眼啊潺潺涓涓
尽管生活曾留下过记忆的寒酸
我们却永远追求着春天的鸿雁

六十年啊，对于每一条大河
也会逝去多少浓雾轻帆
六十年啊，对于每一座大山
也会有被岁月侵蚀的斑斓

六十年啊，对于每个人的一生
是不是磨穿了整个的征鞍
可六十年啊，对于一个伟大的党
那是整个事业的一瞬间……

对于新生活理想的画卷
我们的党正领导人民去铺展
足以证明这六十年，足以证明
祖国的母亲是我们幸福之源

不管是月满花前，或是风驰电掣
意志的脚步不会疲倦
哪怕路更曲折，浪更凶险
我们也会驶向信仰的港湾

假如历史是一块石砚
我愿倾注一滴滴水让党写下彩色的诗笺
假如生活需要向纵深勘探
我愿倾注一滴滴油让党去开创新的纪元

界

黛黑的夜与微红的黎明在溶解
酣睡与苏醒在交接
欲望醒了
感情跳跃的旋律
正散发着少女惺忪的高洁
从长久的梦的乡野里
走进静悄悄的大街
孕育一个春天的含苞
将开放在遥远的岁月
也许这是令人愉快的刺激
心灵广场上的青春树
在萌发着欲念的绿叶

还是让我迅速地穿上衣裙
步履充满花期的沃野
友谊与爱情的石块铺向海岸线
蓝天与大海间的帆影向我告诫
前方有旋涡，有鹰的翅膀
也有充满惬意的感情上的装卸
在勇敢与懦怯之间
在忧伤与欢快的交接线上

站立起来的只有理智
只有男性化了的胆略
那双敏捷的眼睛
去编织艰辛，去拥抱欣悦

月牙村

中午暴晒，早晚被大山挡住光亮
这里的阳光很瘦，天很湿阴
悬崖上密布的浓云
常常从黑山口滚落到月牙村
大自然的脸色使小村人悟出一个道理
再凶暴再贫困也不会持久
月牙村人创造了这里的历史
有土地的耕耘才有户籍与村名

月牙村是大山中的一个铜纽扣
扣住了阳坡上那片开荒的胸襟
月牙村是森林中的一盏明灯
在生产旺季光棍们也有如醉如痴的感情
小村人不信上帝不信鬼
只信任来到大山里带女字边的名姓
只信任被晒黑了的胳膊能够主宰岁月
只信任酒灼热的销魂

在山村选择友爱，选择命运很直率
满山的荆条也缠不住小村人的脚印
大雪埋不住小村人生存的欲望

霜打不蔫如期而至的鸡鸣
月牙村常常受到大自然的审讯
人们照样在这里繁殖爱，深翻记忆
屋外有手扶拖拉机弄得满山回声
屋里有条一年四季不灭的火绳

无航标的河

一切归复于自然，归复于纯真
分不清宇宙对我的厚薄
我是属于无航标的大宁河
苍天赐予我一把开山斧
把巫山劈成一首首壮丽的歌
很少对未来有过什么许诺
我的属性是对生活不倦地开拓

哪怕这里隐天蔽日，不见曦光
我的诗却在碧流中闪烁着渔火
冲击着风化了的古老贤哲
山奇雄，峰奇秀，景奇幽
两岸都是天然的雕塑

水帘洞在钟乳石上俯视
龙门泉在半壁上站立
凌空播撒着世界的凉热
马归山在岸边小憩
金猴峰仰天醉卧

思索着人间的悲欢离合
而我，这条无航标的河
只有老船公懂得生活的落差
感情的流量
日日夜夜摆渡着人生的寄托

凝　视

你用流动的帆凝视我
凝视成弯弯曲曲无规则的岸
我是用摇曳的柳林遮掩你
遮掩成欲速则不达的船
目光漂泊在起伏的浪里
谁也锁不住行进途中无声的语言

脚步走完了半个神秘的夜晚
退潮后我成了苇岛
晾晒那些被淋湿的寓言
感情的距离是水石难溶的断接处
新潮冲击不了埋在深土层下的古瓷器
有探索才能思绪绵绵

遗憾了的不一定是落英地
注定了的也不定是分界线
你可以东渡成一艘白色的快艇
你可以凝固成一座苇山

兴 安 月

身在兴安，心在月
月儿又被高山横截
藏露间明暗难分解
天地间只有松林分界

兴安月，多么清幽
静静地在枝丫间抒泄
不要说这里渺无人烟
森铁就是大兴安岭的长街

不要说这里的彩色简洁
白与绿一年一度辞别
野百合、野玫瑰也恋着夏月
大兴安同样花开花谢

别看这里的山岭漫平
兴安月有它独特的气节
它常看采伐工在深山里
对生活的花朵进行采撷

扑 萤

北斗星亮了，夜已深
旅行的路伸延到海滨
观海潮，心中灌满了潮水
途中的脚步浪花一样轻盈

这是一群中年诗友
生活的路坎坷不平
消失了，那黛色的鬓角
增加的是几只花镜

海滨的夜很美很纯
公园里还坐着几对恋人
就是送上一个吻也很斯文
爱情成熟之果都有柔嫩

路旁飞来了闪光的萤
乐坏了北国的诗君
天真地扑啊，用手擒
不怕弄脏了自己的衣裙

"放了吧，它还能活，
也是一条小小的生命"
女诗友的话发自肺腑
是不是真善美的音韵

不管是岭南韦丘上的鹿鸣
还是塞北林子的花荫
秋原、陆地、沙鸥、雁翎⋯⋯
知音常信总是心心相印

见荆岩，遇鸿碧，还是望海滨高云
总该弹起我们的诗琴
写诗与扑萤一样慎重啊
曲的源头自有醉人的花茵

北方的黑加仑

在小菜园秋秸墙根野生起来的恋情
像意象派的诗行杂乱得没有装帧
整个青春期遗留在寂寞的角落里
顽强的意志力走进生命的历程
一串串黑油油的颗粒谁来采撷
在思念的窗口望着紧闭的柴门

你那丰润的黑皮肤包裹着甜蜜的心
任秋风萧瑟使你孤寂
也不会失掉自己的韧性
任冬雪缤纷使你枯萎
还是一片永不变色的年龄
在无人过问的土地上生长多汁的精灵

可以酿造甜蜜的果酒让世界销魂
可以创作迷人的诗行让人生入梦
把苦涩留给自己把欢乐送给亲朋
你就是北方特有的黑加仑
是我童年渴望的黑星星
在错过的季节期也不会失掉真诚

吉林北山

天山、地河、月殿……
都不如我对你钟情的眷恋
你很美，闪烁在北极星旁
第一个萌发了我的青春梦幻
今天，我已过了中年
岁月的雨，冲不去你年轻的容颜
你很冷，偎依在银河的北端
这个严峻而又憨厚的领域
站起来的松花湖
不会再去撰写恩恩怨怨

我去过瞿塘、西陵
神女峰俯视过远征的帆
寒山寺的晨钟、岳阳楼的暮鼓
敲响了我对峥嵘岁月的思念
可北山，这青梅竹马的纯情
这亭亭玉立的揽月亭
把百万江城人的心愿搂在怀里
显露出你的大度、你的强悍
我依凭悬崖的观渡楼
远眺飞来的大雁……

三 杏

那泼泼辣辣的三杏姑娘
为什么凝为三座山伫立在江边
是对古老的历史有着连心的纠葛
还是对意中人苦苦地依恋
早已看不见当年久住的茅庵
只有山下的闹市杏花一片
迎接着南来北去的征帆

客船儿就要在三杏港靠岸
一声长笛惊飞几对鸿雁
谁知今天岸边有更多的三杏姑娘
用长竹把网兜里的鲜物举到客船
轻雾中高悬起古老的梦幻
要不是塞北三杏姑娘充满着魅力
船上人怎能把大船儿压偏

松 花 湖

每到冬天就有些清瘦
像一位四十岁的中年人
养老育小一个劲地运筹
可寒冷冻不住你思春情绪
用宽厚的爱和冷峻的美
把江岸垂柳打扮得满枝风流

你是怕天池老母过于孤独
才在第二松花江上长久地回首
还是恋着去塞北串串亲戚
从闸门口跳出去，脚步急骤
丢了你初恋时的温和性格
和奇峰赠给你的一片绿色的轻柔
因为是截流，才把感谢放在高处
湖心岛、五虎岛的双眼才无比娟秀

你的名气已经不小了
北方人夜夜读着你闪光的作品
你写亮了关东、写醉了苍茫
自己却宽大了衣袖

啊，白城

我询问陌生老人：
这里绿野无垠，大树成荫，
一簇簇鲜花，一阵阵清馨，
为何称其白色的城镇？
是长冬季节大雪纷飞，
还是短夏时分芦苇纵深？

　　老人很幽默：
　　飞速的历史车轮，
　　不会寡闻。

我叩响了友人的门：
这里红砖青瓦楼房毗邻，
林立的工厂五色缤纷，
为何称其白色的城镇？
是大地上有盐碱，月亮边有氤氲，
还是天鹅、银鹤伴随着绿野的乡民？

　　朋友很谦逊：
　　不敢讲这里是聚宝盆，
　　肯定有八珍。

我向领导叙情：
白城人倔强性格像个老牛筋，
坚实的思想像个塔头墩，
为何不让千里原野，
显示出绿色的风韵，
叫白城骄矜？

　领导人的话音很柔韧：
　看吧，洮儿河是我们的腰带，
　绿野是我们的衣襟……

我询问诗琴：
绿野是不是向着富有追寻，
黑水西瓜滋润着双唇，
湖泊迎来了鲤鱼跳龙门，
农林牧副渔全面挺进，
白城有在肩的千钧重任？

　诗琴很圆润：
　像"洮儿河"一样醇厚的白城人，
　正为现代化举起了金樽。

加格达奇

你是雄鸡一双明亮的眼睛
最早透视祖国的晨曦
困惑时刻，也不会把头垂下来
拾一粒玉米也要送给南方云霓

用樟子松筑成全身羽翎
扇动一下翅膀就会抖掉一个壮烈的晨夕
祖国最北的一座大山上成邑
在地图上刚刚有了户籍

二十年前，这里是一片原始林
市民的心中还充满着郁郁苍苍的记忆
在无霜期十分短缺的日子里
快节奏地培育着独特的人生花期

这里的感情很至诚，也很迤逦
只有勇敢才能到达属于你的领域
加格达奇具有豪爽的性格
追求者从来不吝啬自己的步履

越是边塞处越是耿直
落在树叶上的雨滴也会站立
雾是加格达奇神秘的女人
爱在朦胧中更显得飘逸

黄昏的岸边

憧憬是少陵河水洗成的白莲
每到夏季盛开在小村人的心间
期望是挂在河边的信号灯
每到黄昏就引来了对岸的船
每个信息传到了小村
都学会了省略奥秘的细节
在心中储藏了醉人的寓言

女人们背着世俗走向河岸
透过朦胧的月光迎着对岸的船
开拓农贸场地与陌生人相逢
气质与抱负成为人生追随的桅杆
欲泗渡作为开春锁的钥匙
想弄舟开一次致富的航线
小村人常常把机遇揣在怀中
在蹉跎岁月里也不信任飞天

不管是白日与黑夜，现实与传说
小村女人都喜欢直感的瞬间
江边新辟的集市
是用女人脚步踩出来的码头

码头桩上系着心中的隐秘
小村人也学会了心照不宣
凝重辉煌在江边的信号灯上
再苍茫也有渔舟唱晚

跋 涉 者

世界上出现品种繁多的辞典
唯独没有跋涉者的传记
其实，你们的艰辛也有如歌的行板
每个音符都是人生征途的劲旅
你摇晃过日月，缩短过归期
在沼泽地里领悟人生的真谛

黑夜向黎明总得显露
一段无痕无迹的遐想
花朵向太阳总得表示
由缱绻到开放的寰宇
含辛茹苦也是一种渴望形式
也许获得更加葱郁的履历
在采撷真诚的季节里
裸露的双腿也醉过纯净的小溪

从艰苦分泌出来的甜汁
浇灌心地也会如虎添翼
这是使情感永不生锈的生存方式
信念的行走迎接一次新的洗礼

汗水总会被太阳蒸发
流淌在期望里也萌生嫩绿
你说你是生长在穷窝里
关键的部位都很发达
大脑、眼睛、那双勤劳的手
都有过岁月的磨砺

奇迹就是从穷根里猛长出来的花朵
任何环境都有可追寻的契机
跋涉者用双脚踩出一条路
与向往缩短了距离

舟 与 桨

你把爱情弯成一叶轻舟
任我的渴望坐卧周游
可舟儿常在滩上搁浅
总也摆渡不开你的深厚

我把真诚直成两只桨
为你拍打在触手可及的港口
在水中捞你的风姿绰约
打湿了你的固守

螺丝扣，一丝不苟

别看你们沾满污秽的手
经常接触铅油、铁锈
在这气候适宜的初秋
你们的管钳能搬来一冬的暖流

这些整天舞铁弄钢的手
性格为什么这样耿直、敦厚
年轻的水暖工战友
你把温暖送遍一栋、又一栋楼

你们亲手制成的螺丝扣
对生活的启示——一丝不苟
假如我们的工作有些疏漏
良心啊，该有多么内疚

看水暖工的几丝浸麻的缠绕……
它将在水挤气压中牢牢固守
生活的建设者这样默默无闻
当暖气宜人的时刻，水暖工已悄悄退走

我是一条北方解冻的河

季节风煦煦地拂过
温暖着我长久的心头寂寞
你来了，赤脚的春光
从峡谷的忧郁中走来
追寻你的知音
追寻人世间可心的茅舍
和早已封闭着的清澈

     我是一条北方解冻的河

你心灵赤热
衣着单薄
去寻找蔚蓝色的期冀
去捕捉草绿色的歌
该吝啬的你那么慷慨
该沉思的你豪爽地许诺

一条颠簸的路啊
命运注定你长途跋涉
我愿用纯净之夜

托起你远去的舟
扬起你感情的帆
在我心中驶过

我是一条北方解冻的河

路

路啊，你伸延到哪里去
我脚下是一片净土
背着祖国的宏愿，背着乡情
领路的有一身黧黑的肌肤
你用笔直叙述岁月的烟尘
你用弯曲阐明里程的艰苦
每个驿站都有星月的寄托
一个有酒幌的热气腾腾的小屋
你是不是一杆人生的大秤
衡量悲欢离合感情的尺度
脚步是秤杆上的星星
轻与重都从这个数码中走出
马蹄踏来了长跑者的向往
车轮滚动着扬鞭者的醒悟
由近而远的是毅力的跋涉
由远而近的是信念的脚步

起点与终点

我的爱是柴门虚掩
从来没有门闩
来来去去的使者
总会有一个关在我心间

我的爱是一缕炊烟
想为亲人煮一生的饭
当我把柴点燃
烧出了美好的夙愿

我的爱放在稿纸格里
笔尖做她的起点
我不想过早地画圈
让岁月向远方伸延

定 格

你把这三个字
分解出无数红透了的小樱桃
在嘴里含着又送给了我
我的双唇合拢了整个的温存
牙齿却把沉默咬破
走在蝴蝶泉边
哼一曲下弦月的歌

我把这三个字
凝固成一支燃烧的红蜡烛
强强弱弱地在我心中定格
情愿停在边塞的白桦林里
从感情的高原上飞来了一只白鹤
那悄悄发芽的希冀
和坦诚的仲夏之夜
属于深沉，属于纯正

长白山温泉

既然有从地壳缝中敢于涌上的胆略
也就敢于挣脱郁闷抒发北方的豪情
哪怕白雪皑皑地覆盖板结的土地
内蕴使它永远保持向上的恒温

北方是个巨大的热库
蕴藏着开发不尽的旷达与严峻
假如谁对它以礼相待
就像温泉群一样喷发出彩虹似的信任

谁还想再去数原始林的年轮呢
超越是历史进化的属性
闭守的峭壁早已被岁月风化
开放的温泉群献出了珍珠似的感情

北方的墨菊

在我窗门半掩的书斋
你拿走了一首锁藏在心中的月曲
在大金瓦寺旁移动鸣唱
古瓶上插上了嫩绿的默许

人生没有小金瓦寺那么悠长
晨钟与暮鼓很难相遇
从湟中洒下来的绵绵细雨
怎能润泽塞北的墨菊

前边的路需要豁亮

每个人都有独特的生存方式
或独居阅读人生，封闭心灵的窗口
或壮阔地走向世界的殿堂
或在伦理的边界踩倒了屏障
记忆库地为何长满青苔
被遗忘了的日光、月光、星光
在遗忘的角落里有了名册
周而复始地延续生命的端方
自省与宽容是征车的两个轮子
还是多积存些人间的深情厚谊
那是人生点不尽的灯油之源
前边的路需要平坦，需要豁亮

反刍惊蛰

你用恩惠的土壤埋着我的斟酌
在园林中开成一朵寂寞
伫立在反刍苦夏的记忆中
谢了重荷，施舍一个岁月的蹉跎
某个季节里可以慷慨奉献
为了贮存，某个时辰必须吝啬
贮藏春天初恋时的真诚之籽
待成熟过后就会自行坠落

请不要把我当成葵花籽
颗颗粒粒成了你的诱惑
正腊月有闲之时剥开皮
咀嚼我向太阳的成果
那些又渴望香甜又疏远太阳的人
岁月宽容了你对阳光中的淡漠
你已经迎来了春华秋实
请不要忘记人生的惊蛰

鼎足世界的一方

东方固有的围墙
把艰辛都给遮掩与隔离
真诚总不该浪迹天涯
内耗与牢骚都该退避
剩下来的振奋与和睦拧成的铁索
拴在新时代的码头桩上
作为一个民族崛起的奠基
憧憬超越岁月的时空
追逐现代总得与坦荡为侣
这是太阳与我们最近的季节
人生总有几十个这样的机遇

历史推给我们的是沉重的负荷
去迎接一个驿站的洗礼
总想把一颗天上的星
推进心灵的枪膛
射出去成为一个民族的晨旭
总想把东方这只雄鸡
在追赶世界领域里的科技之晨
引吭高歌一曲
总想把一个国家的实力

沿着地球旋转的方式
旋转成一部英姿绰约的履历

不管是感情的呼唤
还是理智上的细语
季节风掩盖不了意念上的潮汐
实干才是最风流的意识
绽放高雅之花
必有萌生文明的土地

冶炼一个民族的素质
世俗与生活方式都需要考验
鼎足世界的一方
我们追求山河的姿色
在含苞待放的历史花期
我们是采撷阳光的男男女女

下 弦 月

多少个仰卧的松散的夜
转瞬间站立起来在梦中飞腾
仿佛我是云的筒裙
雪的衣襟
等待着春来解开我的纵横

过于单纯才萌动骄矜
信筒里邮走了辨认不清的泪痕
和跑在前方遥遥领先的憧憬
还是把忧伤的感情熨平吧
北方的下弦月已露出媚人的眼睛

岁月砝码

从四位号发展到八位号的电话
好一个倍加连乘的交际通达
一个局就是一组信息的城区
友谊与坦诚咫尺天涯
人流中有擦肩而过的岁月
记忆里有一尘不染的年华
追求在心灵的古堡深处萌生
经受了凄风苦雨的冲刷

从天真的顽童发展为成熟的爸爸
时间演绎人生的重任
伸延爱的天平有码无价
"红梅赞"越来越红火
炊烟是耿直的催化剂
漂浮的诺言化为夕照的晚霞
只有祈求被夜所嘲弄
信念像高山上的岩石不被风化

从纯净的崎岖到圆熟的褶皱
好一个乡音在竞争市场上从不跌价
猛增猛涨的是双重音的乳名

日新月异的是不老的华夏
站立的品格有伤口也会痊愈
信念瘫痪了就会失去豪侠
忧郁是人生陶罐里渍久了的泡菜
只有拼搏才能衡量岁月的砝码

七　月

大雨倾斜的七月
心空仍然飘着追求，飘着信念
飘着渴望的季节
野百合露出了流泪的两颊
步步高盛开着高洁
大自然都在繁忙地进行爱的装卸
显示男性的雀跃，女性的狡黠

常春藤在路旁等待与憧憬缔约
青纱帐正摇曳着慰藉
七月，萌动着倔强
伸延着惬意，奔跑着和谐
没有颤音，没有忧郁
只有欲望像高粱秸一样在夜间拔节

七月，你是从南方飞来的蜻蜓
双翼扇动着心灵的渴望
与黄昏星攀谈着月的圆缺

七月，你是北移的木棉树
闪动你的身姿，舒展你的怡悦

与对岸的相思柳一起打开诗的一页

炽热的七月，赤裸的七月
伴随着火的直率、雾的莫测、云的诙谐
走向成熟，走向高雅，走向甜蜜的岁月

思索之歌

我的母亲哟，
　祖国
为什么
　这么慷慨
　　　又这么刻薄？
　这么悲愤
　　　又这么快乐。
我解脱了
　思想上的徭役，
　经历了
　路途上的坎坷……
时间
　像一位
　　饱经风霜的游客，
历史的老人
　庄严地述说，
让我们去
　思索、思索。

像一只
　刚会起飞的鹰，

　　　勇敢地挣断
　　　　束缚思想的绳索。
对于战略上的
　　大转移，
对于真善美
　　假丑恶，
祖国的
　　光明与黑暗，
灵魂的
　　清白与污浊……
　　是迎是躲，
　　　是昏然处之
　　　　还是分清经络。
让我们每一个
　　思索的浪花
　　　都蕴藏着
　　　　感情的炽热。

思索是一双
　　金睛火眼哟，
　　　透过云雾
　　　　分明曲直功过。

林彪、"四人帮"
　　像几头驴
　　　在中国的磨道上

　　　　　一圈圈地拉磨。
愚昧、无知、残暴，
　　　成了全面专政的楷模，
焚书、坑儒、文字狱，
　　　成了"彻底革命"的奇货。
灾难夺去了我们的青春，
　　　使祖国在贫穷的港湾里，
　　　　停泊，
害了无辜的男女，
　　　污了春天的色泽。
思索哟
　　在我的心中
　　　　燃起一腔仇恨的怒火
那冲不淡的心头记忆，
　　　怎能阻止
　　　　急来的人间春色。
思索、思索。

尽管历史
　　　不是笔直的江河，
　　　　　生活也如此复杂交错，
党的三中全会
　　　给一把金钥匙，
　　　　　让我们打开新时代的门锁。
我们不需要
　　　用玫瑰花瓣

去粉饰现实生活。
征途上
　　有千辛万苦
岁月里
　　有泪雨滂沱。
有关系学上的新手，
　　有争权夺势的政客。
有习惯了的
　　长官意志，
有喋喋不休的
　　鹦鹉学舌……
对于这一切，
　　应该有硝烟炮火
　　　担负起历史的重托。
思索是醒悟之父哟
　　快挥起智慧的金钺。

我们是"四化"的主人，
建设的能源
　　积蓄在我们的心窝，
思索的激光
　　击穿庸人的懒惰。
向科学的珠峰攀登
　　哪怕征途的险恶；
向新生活开拓
　　哪怕原野的寥廓。

是时候了
　　为建设现代化的
　　　　琼楼玉阁，

用宇宙飞船
　　去探索
　　神秘的星座，
用侦察卫星
　　去普查
　　千山万壑
用电子计算机
　　去衡量
　　爱情之光
　　　青春之火，
把我们的感情
　　和铁水融合在一起
　　　冲刷祖国的贫穷和龌龊，

把我们的意志
　　和钢轨铸造在一起
　　　穿山越岭
　　　　铺垫幸福的生活，
把我们的诗句，
　　变为充满生机的种子
　　　为祖国现代化
　　　　　不倦地春播。

小溪与金尾鱼

送一条流不尽的塞北小溪
让你主宰永不冻结的人生四季
少一点憔悴，多一些水灵
小溪两岸埋藏数不清的含金沙砾
任你在太阳波中筑巢
银河再开辟一条银桥
月亮领你去淋一次星星雨

淘金者有远思也有近虑
不知你有多大的窥测的智力
可以堵塞，可以蛙鼓
可以护守天灵的如诉如泣
也可以袒露灵与肉做你的洗礼
失落后的获得与获得后的失落
是悲喜大循环的日历

思维的指针常常指向两极
你并不陌生亲自种植的打碗花
红遍了具有270个方格的墙壁
无论我跋涉到哪个方格里
都是栖息感情的岛屿
成为小方格池中的一条金尾鱼

乌斯浑河

缄默比张扬更富有魅力
温情典雅地接待远方来客
你一个旋涡就是一首解说词啊
在那呜呜咽咽的岁月里
八女投江就是一个民族爱与恨的跨越
地图难以寻觅的乌斯浑河

历史保存多少愤怒，多少高洁
流淌着苦难的岁月
从你收养了宁死不屈的英雄女儿
在河床上开拓了智慧的前额
每当十月，就实现北方人的许诺
暴怒地流淌着生命的赞歌
假如青春期有强烈的渴望
乌斯浑河就收容欢愉，也收容苦涩
你的生活规范只有一条
等待的爱，迎接八只白天鹅……

走出盛夏的雷区

信赖有时也是不安的音符
日历牌上翻来了好重的抱负
是谁抛出一个打水漂的石子
一圈圈的漪涟动荡了你的心潮
沉沦与升华是无底无顶的天宇
过分的天真也会是摆渡凄苦

人生的乐池里不可能没有噪音
只有深沉的步音使你蓦然领悟
走出盛夏的雷区
把一片云分解为千百万颗雨珠
踏着阳光而来，踏着云雾而去
人间有很多晾不干的世俗

灯的传说

东山上出现了灯
亮在原始的红松林
它是人民的大救星啊
人人盼望抗联杨司令

南山上出现了灯
亮在悬崖峭壁的卧虎岭
它点燃山区人的心啊
商量投奔抗联大本营

西山上出现了灯
亮在云雾重重的柏树林
山区人见了热潮涌啊
送粮送盐表心情

北山上出现了灯
亮在截云的挡鹰岭
说抗联来个调虎离山计
杨司令在那里大点兵……

气得鬼子发了蒙

找不到人，追不着影
山山岭岭都有灯
遍地都有抗联军

杨、井、榆

井口的右方
长着一株榆
井口的左方
长着一株杨

这杨、井、榆啊排成一行
树荫下边话儿长
杨—井—榆啊，杨—靖—宇
谁看到谁就想起将军的形象

将军啊将军，是你
从这口井挑水千百担
送给农家倒满缸
家家灯下讲老杨……

将军啊将军，是你
从这口井挑水煮药布
战士用它洗好了伤
拿起枪杆上战场……

将军不幸牺牲了

人们永远怀念老杨
在这眼井的两边
栽棵榆来栽棵杨
这树是在痛苦的日子诞生
这树是在狂风暴雨中成长
打着这深情的井水
好像看见将军站在井台上……

二十年的大树多粗壮啊
像当年将军的臂膀
这越流越旺的井水啊
人民喝一口来想一想……

将军办公室

靖宇将军办公室，
设在长白山岭，
日寇为了寻找它，
葬送了多少关东军。

将军在这所房里，
燃烧起抗日战火风云，
几百次抗联游击战，
从这里发出了军令。

说将军的房子是钢铁铸成，
但谁都不见踪影，
知道房子的只有抗联人，
解放后才告诉了我们真情：

森林是围墙，
白云是棚顶，
高山是板凳，
月光来照明，
岩石当餐桌，
浑江当脸盆，

枫叶当被褥，
峡谷当角门……

就在这所房子里，
将军战斗了一生；
就在这所房子里，
迎接着祖国的黎明。

一盏燃烧的灯

是在红高粱地里久酿的风
远远地跑来，叩敲你的那扇门
想把夜中最珍贵的机遇
包裹成开镰季节送上的虔诚

是炼油厂提出来的油
近近地在桌上燃烧那盏灯
我不想把你的渴望搁浅在彼岸
未名湖畔已有了祭品

其实，我们都在人生路上行走
在屋檐下编织着多彩的梦
很多路留下了沉重的脚印
送你上车之时也刻骨铭心

你的泪雨是晚春露珠
在欲放的花蕾上演绎情韵
你的回首是夕阳晚照
世界的旋转也许还能转到黎明

锁

一出差就想摆脱兜里那串钥匙
从家到办公室带锁的门那么多
锁住借以生存尚不富裕的气氛
遗失了就是感情上灾难性的折磨
越是贫困地区失盗就越甚
带双层锁的门随之越多

找舱房号码又碰见了锁
没上锁的只有大江的急流与旋涡
我从锁眼中窥视房间空荡荡的寓言
这一夜可以枕江高卧
可以离开床位在船头远眺故乡
看航标灯在苍茫中闪闪烁烁

塞北的美一点也没有丢遗
纯朴的乡情一点也没有失落
三四等客舱的旅客都有不同的履历
心灵都有各自的负荷
越是萍水相逢就越是赤诚
谁能偷走北方人的品格

石的醒世箴言

露在外面与大自然很虔诚
埋在底层做地基也负荷均衡
可以成墙让风雨敲击
可以成门开关着岁月的安宁
抬你之际，你自重自尊
弃你之时，你变成一种风景
在低处，铺在峡谷里也很严谨
论高度，苍鹰够不到你哲理的巅峰

梦谷醒峰
因有你的屹立而遐思坚定
神滩圣岸
因有你的仰卧而美意纵横
可以站立成南方的阿诗玛
石林中的感情有超世纪的年龄
可以行走成北方的骆驼碴子山
去开发塞北人世间的悟性
当你意会破碎了，也与意志相逢
具有千百万属于你的士兵

喜欢成为农家磨盘旋转

转出了米香转来了柔美的曲线
喜欢在山野为山民铺路
铺来了人世间步履娉婷
人在旅途中总喜欢把你作磬
敲击着岁月的福音
人在栖息时总喜欢拿你当屏
偎依的爱也很安宁
你有独特的醒世箴言
默契也需要岁月的底蕴

墙

隔着什么呢，白墙、灰墙、红墙……
隔着一个家族的隐私
隔着几千年世俗的东方
伸延了古老的无恙的过失
　和人间被遮挡的炎凉

把人的感情挤得好窄哟
几次春潮把红杏挤出墙
蚂蚁在下弦月咬碎了多少颗心
幽深的年华依偎在困倦的夕阳

岁月让墙无力地倾斜了
倾斜了一条街的暮色
弥漫的红尘污染在萌生的枝丫上
混沌了八卦图的幽芳

一个巨大生命的句号圆满地完结了
剩下的残砖碎砾的删节
和历史遗留下来的蜘蛛网
蓦然回首看枯藤老树寂寞的空旷

墙支撑着几千年残存的意识
和星星攀谈黑色的勋章
即将升起的摩天大厦和立交桥
正图画东方大地开放的辉煌

夹皮沟金矿

这里的金木水火土都很虔诚
感染着东边外的日月星辰
这里的男女老幼都很深沉
用淘金的手把人生的路继续铺陈

淘了一百六十多年的黄金
沿着岁月的河流淘到迄今
金矿脉幽深得像个梦
大山的石头都是五彩缤纷

淘走了多少历史的愚笨
矿工用意志筑成了现代化的金矿
越是珍贵就越要付出艰辛
矿里淘金茹苦过后才是欢欣

峡谷一条弯曲的长街
探出了千家的窗棂
每一个窗口迎来了盛开的海棠花
夹皮沟是一片飘香的云

夹皮沟你太狭窄了

两边的大山上的黄花可以互相问讯
你的山下贮存着多少金矿
钻探机摇醒了一颗沉睡的心

这里的每条沟都被大山夹着
夹着溪流夹着花荫
夹着炊烟夹着历史的音韵
夹着开采金矿人们的诗情

夹皮沟啊这金子的故乡
我被这里的奇异吸引
哪怕一路上仆仆风尘
也要报道采金人的喜讯

这里的人有金子般的感情
每天每夜都坐着罐笼下井
弹一曲丁零零的瑶琴
去探求一个金色的乾坤

延边黄牛

老黄牛的一生从没有内疚
脖梗子上拉走了春又拉来了秋
老黄牛的体质从没有消瘦
对报酬它从不去思虑和追究

有时它也喜欢一点清幽
独自在路上走着，晃晃悠悠
而主人躺在车上放心地睡去
老黄牛却为主人精心地运筹……

当它扬起头憨厚地吼叫
呼唤着主人，醒来吧
到家了，到家了
该卸下去这满车的红豆

苍鹰的爱情

苍鹰从天边飞来了，
惊走了蓝天上点点群星；
汽车从远山驰来了，
林场还沉睡未醒。
一节节空车上山多么轻呵，
司机的心，蹦跳而深沉，
是不是他的车开早了啊，
把姑娘的晨梦震惊？

空车装满了原木悄悄地下山了，
司机的心，甜蜜而轻盈。
今晨他又多拉七吨原木啊，
没有去会见他的情人。
苍鹰从高山飞走了，
引来蓝天下片片红云；
汽车从林场驶走了，
尘埃间却露出一双深情的眼睛……

抱 月 湾

镜泊湖的臂弯真宽敞哟
抱住了星星，抱住了月亮
抱住了游子心灵上的沧桑
轻波洗去了征尘
细浪揉来了遐想

阔叶林做了感情上的屏障
一朵思绪的路通往镜泊山庄
没有人世间的嘈杂
思绪，只有吊水楼瀑布
冲击着古朴的天街云巷

镜泊湖的臂弯真温柔哟
挽住了岭南塞北的儿女
挽住了潇潇细雨，涓涓细浪
谁会不钟情呢
遇见了这位深沉娴静的姑娘

我在这里也提一瓶醇酒
在抱月湾醉去我的粗犷

栖息着年华的匆忙
在抱月湾的楼阁里
打开一扇思索的小窗

小姑石村

关东的小姑是小伙子心中
一棵火辣辣的山丁子树
每当成熟季节就要收割爱情的夙愿
她的眼睛妩媚真撩人
足能够打开关东汉子心灵的门闩
走进来的是渴望，走出去的是失眠

在关东流传的故事里
小姑是一把催泪鞭
催赶到大海去凝固一座小姑山
关东汉子编成小曲出入在唇边
流淌着甜蜜而又苦涩的口水
流淌着粗犷而又疼爱的遗憾

关东的月为小姑的恩爱格外明
关东的星为小姑的别情格外寒
鬓角上那朵带露珠的野花
酒窝里溢满着青春的诱惑
小姑石村以石器时代开始做证
关东的历史对小姑的命运有过心酸

小姑依然喜欢逛庙喜欢爬山
喜欢喊喊喳喳咬耳朵，说悄悄话
喜欢大大方方接受海城的厚爱
在街一角燃起开业大吉的火焰
最早闯出世俗的还是小姑们
她挎着情哥哥在海城采撷勇敢

渡　口

你有你江北的芳草地
大船停靠在江南的岸头
我有我江南的苇子沟
小舟紧挨在繁忙的渡口

你天天用船运送客人与货物
运送信息、运送合欢离愁
我日日用网捕捞初恋的意象
厚厚的双桨急摆我的运筹

总想把网撒在你的心湖里
你总是绕着摆渡、撞伤了我的暗求
只有今天你回眸一笑漏掉了一网幽怨
顾盼的姿态显影在我的心洲

从此我打捞朝霞、打捞黄昏
不怕打湿我夜以继日的等候
渡口每一个速驰的旋涡都是雄性的马蹄
急驰地追赶属于自己的码头

泉

一条山谷中的清泉
从水缝中流淌着北方女人的梦幻
它养育着粗壮的男子汉
人生的岸边越走越宽
女人在此浇湿了昨夜的欲望
芦苇成了栖息的港湾

野百合过早地羞红了脸
拥挤的杂草也不乔迁
把爱投在河里拾回一个纯真
潺潺地流在山村的门前
泉也有起雾多雨的季节
女人提篮去采撷种植一年的心愿

我是瀑布下的深潭

不要说这是夏日堆雪戏天
为大自然的恩怨杜撰
我是瀑布下的深潭
容纳着山山岭岭的生态平衡
容纳着人世间悠悠的梦幻
旷达与妒忌常常跌撞
慈祥与暴戾常常纠缠
深沉与浮浅常常并肩
千变万化的世态
霎时间变成了过眼云烟
记忆顺着岁月的急流俯瞰

我并没有留下思绪的悬念
飞溅的浪花虽有心头的夙愿
我有过感情枯瘦的季节
也有过爱情成熟的芳年
悲欢离合都跌落在我的深潭
虹霓是人间的瞳眸
旋涡使爱走向深远

深潭沉重的使命

具有深邃的内涵
再偏僻也不会乔迁
哪怕打深了我的思索
哪怕击痛了折叠起来的情感
哪怕大自然馈赠我
　　湿漉漉的帷幔
也不会移动我的诺言
我愿永远是瀑布下的深潭
在祖国的边陲
旋转着我对北方的爱恋
我的后边有九十九条河湾
流淌着牡丹的盛意
洗涤着大石佛的端庄
远方，飘动着一群突起的诗帆

走出泥泞

自然晾晒潮湿的土地
不如人为铺设油榨与沥青
路的泥泞是农民遗留下来的伤口
伴随它装走了几百年农民的姓名
世世代代扎根在泥泞里
站立成一尊雕像也肃然起敬
赤脚就是裸露的诺言
亦步亦趋地追逐廿四节气
用镰刀与锄头敲出来的大地平仄
句句都是八月仲秋云遮月
句句都是正月十五雪打灯
过的是断断续续的艰辛
走的是唠唠叨叨的人生

为何土与水溶解得不均匀
大旱与大涝都要属于天命
泥泞是小农经济的祭品
几千年不修边幅的伶仃
走捷径的人反倒把路走弯曲了
弯曲的路不是坎坷就是沟塍
泥泞掩盖不了农民的期冀

走出古老的行走方式走进画屏
小四轮喜欢光滑眷恋平坦
耿直的路才使农民高度前进
农民的旅程也需要光滑的路基
速度的砝码是解脱贫困

第三号沼泽地

你修长的双脚站在双鸭山顶
俯视这片沼泽地芦苇丛生
要展翅吗，来到你的归宿地
安安静静地梳洗你的羽翎

在这北方飘香的八月
每一个夜晚都有不醒的梦境
栖息着你那疲惫的追求
栖息着你那嫩绿的憧憬

没有翅膀的诗来不到这里
有诗的翅膀你可愿意驰骋
我是第三号沼泽地
没有大路、没有楼阁、没有姓名
只有一道道微波映着星光月影
和感情上永驻的芳馨

我将用泥泞保护着你
丛生的芦苇做你的帐篷
可我不需要任何馈赠

首山瞭望台

我是沿着缪公恩的诗行
追寻故垒遗踪，历史的兴衰
在那峰亦峭拔的兵家必争之地
山门迎着季节风豁然洞开

辽代开铁矿的遗迹固然可以怀古
可我更喜欢明代用砖石建造的瞭望台
瞭望十三层白塔的风铃
和坐佛、飞天从历史的云中飞来

沉沉岁月在瞭望台中流逝
积存下来的是辽阳人对新生活的期待
看远方那座现代化的新城
多像一位大将军具有出征前的风采

珍 珠 门

小孤山思念大孤山
白石碴子思念瀑布的深潭
只有珍珠门沉沉酣睡
迟迟不去打开雕花的门闩

那里蓄藏着北方的爱情故事
镜泊湖给予它典雅的户籍
它朝朝夕夕地撒下欲念的网
捕捞纯情，捕捞北方的梦幻

珍珠门，是一位成熟的湖姑娘
常常用雾的绸纱蒙着容颜
华贵者它不想越湖高攀
默默地爱上了耿直的道士山

钟情者何必凭栏相望
美的诱惑在于蕴藉
珍珠门也有现代的爱情观
今天，它穿上一件露胸的单衫

小兴安岭

因奇寒冻结了多少世纪的韧性
每朵六角雪花飘落都铮铮有声
晨阳在岭上刚起来就摔个筋斗
在林中拾捡了一个清凉的梦
打开房门的山姑娘手拿脸盆
泼走了小院里的鸡鸣

因纯净气流散发着密聚的芳馨
涓涓的溪流冲击着北方的宁静
在万株红梅欲放的五月
火辣辣的欲望在山雾中相逢

因粗犷枝丫间才栖息苍鹰的爱情
每个足迹都延伸坎坷的路程
火炕上烧热了小兴安岭的夜
女性的多情足够你回忆苍劲的一生

小兴安岭，每条弯弯曲曲的山路
都有觉醒的罗曼史
走不直的人生路连接着北方的立交桥
载负着好重好重的叮咛

威 虎 厅

从海林的东山之巅的林丛
步入了威虎山中的藜蒿
历史缠绕着这条密林小路
郁郁葱葱地走进了明堡暗道……

信念邀我向威虎厅走去
日月的更迭空对着寂寥
人们转移了"座山雕"的阴影
可转移不了对他的冷嘲

那短命的"长明灯"
和虎皮垫是岁月惩给他的潮湿
可人们心中的爱与恨永远潮湿不了
厅外传来了悠扬的山谣

冰　挂

在封冻与融解间度过短促的一生
一点一滴地凝成修长的期望
激情进行春与冬的交接

亮晶晶的天然冰雕世界
凝成一个许诺。哪怕惊蛰
如果至诚的爱不来，绝不退却

北方，在交接与转让时也萌生耿直
宁可让阳光溶化自己的玉体
也不愿在冷漠中有感情的倾斜

第四辑

旅途拾贝

剪 刀 峰

你是裁雾还是裁云
裁下来婀娜多姿的风韵
你是剪月还是剪星
剪下来旅游者神秘的梦境

我问讯剪刀峰
你埋头地剪裁着长江的黄昏

你是剪裁着人间的悲欢离合
还是古老岁月的幽深
你是剪裁着李杜的诗句
还是剪裁着旅游者的梦魂

当我离开了剪刀峰
你呀，闭上了疲惫的眼睛

祖国的剪裁任务太重了
日日夜夜地剪裁着真善美的音讯
你剪掉了嫉妒；剪掉了猜疑
有剪不完的黑夜与黎明

剪刀峰被落霞接走了
峡江里亮起了航标灯

太 白 岩

我是把一江红墨泼洒在太白岩上
研出来一片东方的飞霞
翠屏山的笔尖蘸着长江水
正要写川东门户的潇洒

瀑布有飞不尽的感情上的飘逸
石桥像一架古筝在瀑布上横空飞架
李太白，你是否在此一醉
洋洋洒洒地写下你的豪侠

那用诗句叠成的天城山
万县人一代代的留着你的笔架
让我也借此写上一首小诗
成为万县地区的一户酒家

月牙湾

你本是蓬莱阁的远方丫鬟
今天，也有自己独特的庭院
多少游旅过海等待海市蜃楼
感情枯瘦成月牙湾
身段依旧的具有曲线美
在海滨等待着月的浑圆

当年，你也是影孤衣单
圈在小岛上对蓬莱依旧虔诚
今天，你惬意地与游客优雅地谈笑
这弯月系着多少条路，拴着多少只船
想归宿，长岛为你修建了一座秀阁
想伸延，渤海成为你的轩辕

飞 来 峰
——写给杭州的朋友

既然这里峰峦突兀，绝异的风景线
思绪和洞壑一样的奇幻多变
飞来峰，飞来了谢灵运的诗卷
让我用眼睛打开
岩岸峭壁上的几千年……

历史的线条连同新生活的趣味
沿着射旭洞仰望"一线天"
你领着我走进了神秘的土地里
真诚与信任相随至此
都在准备着走向未来的征鞍

袒腹露胸的弥勒佛
它不会压沉远征的船
让我们也塑造成青春的浮雕
塑进去相逢后的狂热与娇憨
西子湖为我们留下了彩色的寓言

断 桥

想断也断不了的断桥
一千年的车水马龙
走了一条悠悠漫长的恩怨路
走进了平湖秋月的青春期
揣一兜子西子湖畔的民谣

走孤山的人太多了
双双对对展示生活的娇娆
过断桥都会结同心
系结着江南塞北游客的幽思
采撷一路南味的香蒿

潦倒的忧伤已脱去了黑色的袈裟
岁月诊断了峥嵘医治了寂寥
想断也断不了的人生思考
碑文只能撰写往日
面对新生活，我们策马扬镳

孔府门狮

夜以继日地看守
圣府漆黑的大门
从没有闭上你那穿透时空的眼睛
以蹲着的姿态扑向永恒
扑向泰山秦岭五指山
还是扑向岁月迭更的墓陵
太疲惫了，还张着大嘴
眼睛里闪出了
几分幽怨，几分精诚

是看守古老的国都的辉煌
还是看守开放后孔家后裔的深情
是看守三千弟子古墓中的通灵
还是看守远方客人的雅静
礼仪之邦使你温顺柔和
圣人之乡使你思绪玄冥
牙齿咀嚼着过盛的伦理
窥视孔孟颜还在学习、会贵宾
还是反思，二十世纪也要有独特的悟性
有伟大之最，也有平凡之醒

礼 花 石

在迎客泉边拾一块礼花石
送给南国飘香的十月
白天赏尽了小三峡秀丽的风光
在巫山镇中又寄走了相思的秋夜

老船公赞美我的运气与眼力
获得了浑圆的魅力与彩色的重叠
这是古老的岁月贮存在大自然中的珠玑
履历了天的阴晴、月的圆缺

请你好好地保存吧
情的纯真、意的浑厚、爱的和谐……

游 览 路

说你短，盛夏不需要苦读
从开头到结尾除了抒情很少陈述
鲜花，彩贝和风流韵味
都在路旁化为棵棵遮阳树

说你长，十万文字才第一部
浴场滩前尽是精练的方块文字
排得洋洋洒洒，斑斑斓斓
穿拖鞋上街的也是一种风度
穿游泳衣的可随意信步
不管是涨潮、落潮
路旁只要有一片金色的沙滩
浅露出大海的胸脯
游览路在深夜才有时间妆梳

过重的负荷也是一种激励
游览路担负着岭南塞北的仰慕
从长白山背来凉爽的黄昏
从克拉玛依扛来大漠的日出
关东的豪爽，泰山的热忱，巴蜀的质朴
都在这条路上进进出出

游览路是北戴河的一双柳叶眉
眉下闪动着渤海的妩媚
假如人生旅途有一点疲倦
栖息的坦诚将和你一起避暑

渤海湾的宠儿

坐也娉婷，站也轻盈
穿一身烫金边的海裙
你是不断地寻觅意中人
在海滨等了几个世纪的命运

你收藏尊严、旷达、豪情
海才在沙滩上朝夕辉映
你馈赠安谧、恬静、真诚
梦才在海滨上遗兴
你是谁的消暑的窗口
窗外闪动着陌生人的眼睛

本是舟楫聚泊之地
东临碣石这本书还没装帧
老龙头锁住了古老的记忆
姜女庙的风掀不开新世纪的衣襟
幽州悠悠几千年
鹰嘴石依旧怀抱那把瑶琴

弃儿都有远征的座右铭
何况宠儿月下花前的自尊自信

开拓者自有相逢日
哪怕在大漠里伴随着驼铃
哪怕在井下脸上抹得好黑
哪怕足音响在深山老林

渤海湾的宠儿等得好苦好苦
中海滩，八月压得好沉好沉
事业的花需要青春叶儿伴随
真宜人，你是大海的唇……

海 岸 线

宇宙老谋深算才把地球分解为
大半是海洋小半是陆地、高山
人类才有了远征的船
有了期望的岸

海岸线有险岩也有浅滩
思索总在蔚蓝与金黄的边缘
岁月在寻找什么呢
行走在潮湿与干旱之间

这里有渔女的瞳孔溢满了期盼
出海的汉子把呢喃与酒都装上了船
这里有爱情的丰满与枯瘦季节
感情才浓烈与粗犷
当大海拉长了思念
当亲人要扬帆远行

向大海网罗富有
向陆地追逐甜蜜的夜
海岸线才藏着镇静与疯狂
丢掉了点点滴滴的抱怨

海岸线是命运的缆绳
拴系着结结实实的祈祷
拴系着精精神神的夙愿
人们从不怕大海的冲刷

宇宙胸有成竹地把海岸线
分为哲理上的有期与无限
当渔歌还在远海飘浮
归帆却驶进了渔女的心间

滇 池

是岁月蓄存了美的积怨……
对岸才展现出丰姿盈盈的卧女山
沿着大观楼古今第一长联走去
脚下才踏醒了往事几千年

多好的东方民族的美德
相思泪可以掀起滇池的波澜
是忠贞的祭祀是纯情的杜撰
浩渺烟波中风帆点点……

太华山、高峣山、太平山、罗汉山
一组绝妙的南国抒情曲
《大路歌》还在我耳畔萦绕
聂耳就睡在层林叠翠的山涧

谁都愿把心袒露给你
透明的生活伴着不透明的梦幻
滇池，你的担子好重好重哟
冬天，你穿一件紧身的汗衫

岳 阳 楼

不怕宋、元的雨儿来的骤
不怕明、清的风儿把门叩
岳阳楼昂首在洞庭湖滨
一代一代写春秋

洞庭一湖衔远山
而今巫峡披锦绣
洞庭一湖吞长江
潇湘何时结为友

阅兵台仍在岳阳楼
百艘货轮稍嫌洞庭瘦
浮光皓月照沙鸥
扁舟话丰收

而今我来岳阳楼
带着北方游者的亲切问候
请接受新时代的检阅吧
征途上的风正灌满衣袖……

万 泉 河

如醉如睡如诉如歌
如酒如诗的万泉河
你是不是有过曲折有过颠簸
流淌着古老的童话故事
流淌着人间的悲欢离合
你是南海人心中的一盏明灯
一块碧玉，一个星座
最懂得人间的凉热

你的每一只泉都是一首抒情曲
歌唱着岁月赋予悠长的烟波
你的每一只泉都是一组思念的藤萝
编织着南国历史的蹉跎
你的每一只泉都在向往月亮的清澈
圆圆缺缺地辉映着万家渔火

万泉河啊，高耸的椰林愿为你结亲
结下姻缘就不怕长途跋涉
农家寨都愿与你为邻
为人间的爱日夜泛舸
琼州儿女朝朝暮暮把思念洗濯啊

留下一个纯纯净净的许诺

万泉河啊，南海亲近你
给你一身大海的体魄
太阳沐浴你
让你永远为南海人不倦地开拓

西　陵

是古老而又幽怨的胡笳
把西陵吹在朦胧的雾里
还是暴怒了的琵琶
把背花篓的山女送到了山道下
又折回到岸壁陡峭的明月峡

是地壳构造的变动
把古华夏大路抬高成山岭
把埋藏在地层深处的岩层
在蓝天中显露出它的潇洒

水像离弦的箭
正向荆门射发……

纵与横的岁月都是彩色的长廊
每一块巨石，每一条暗礁，每一个险滩
都有别人难以识破的密码
我们的山民就是用舸舟当笔
撰写化险为夷的故事
记录着东方民族的生涯

今天，我在西陵长廊的梦里
并不喜欢黄陵庙里的袈裟
我愿借感情上的帆
流进葛洲坝里的船闸

三 峡 石

是造山运动使你变成了魔术师
祖国赋予你神圣的天职
用身躯雕塑神奇的东方
把美送给了古老的历史

几万年，你默默地躺着、坐着、站着……
守护着寓言，用你的英姿
夔门、荆门锁住了几百里峡江
十二山峰拔地相峙
再没有比你更坚韧更旷达了
急流险滩你能忍让
雾云风雨你能吞噬
承受着几千年的欢乐与悲苦
保护着大禹、屈原、孔明、瑶姬……
建造了千古之谜

作为华夏的旗帜
你铺垫着峥嵘的岁月
——用你的翠绿、丹红、姹紫……
你养育着民族的豪气
——用你的犀牛、古栈道、孟良梯……

从来不怕年华流逝的三峡石
为什么今天这么急切地呼唤龙的传人
携带着几千年保存完好的杰作
更走进人间的盛世

巫 山 梦

刚刚走进险要的夔门
就思念着遥远北方的妻
也许她比神女峰的瑶姬还要孤独
伫立在冰天雪地里
这里的柑橘还郁郁苍苍
黄透了的果子微露在绿叶里
也许我们相依相偎惯了
在坎坷生活中从不分离
岁月给予我们那么多美好的记忆

你的梦在雪城
我的梦在巫山
一条相通的梦路连接着祖国的秀丽
我在捕捉诗情
你却相依别绪
心灵上都数着归期

是不是你在小窗里遥望巫山月
那里有突起的奇峰峭壁
神女峰懂得我们的恋情
剪一块白云向北方飘去
捎去我的思念，我的信息……

红 岩 村

让我轻轻地走近你
凭着一颗赤诚的心灵
也许这是在峥嵘年华中留下的坚韧
不怕季节雨的湿淋
我是一株北方的灯芯草
经过多少岁月的浮沉

现在，秋已幽深
我还是送给你春的花茵
也许心中立久了你的雕像
在你身旁，脚步也觉得苍劲
潮湿的眼睛里滚下的诗韵
走进了葱葱郁郁的相思林

正因为你悠久，才显示出严峻幽深
白帝城才多梦不醒
正因为你年轻，高楼才临江而立
奉节的少女穿起鲜艳的衣裙

明 妃 村

群山万壑赴荆门
生长明妃尚有村
——杜甫

山的嶙峋，云的均匀，水的神韵
大自然养育着这里的英俊
我从塞北来到明妃村
去找王昭君
小机艇像箭似的穿行
香溪水舒展了岁月留下来的皱纹

这里的主人真豪爽啊
豁然打开了雾的锁，云的门
山与水，红与绿，清与浊，仇与恩
都截然分明
哪怕是项链落在香溪河里
也能分别出是真是假是金是银

石的古朴，路的弯曲，树的苍劲
幽深的小径里传来了少女的逸韵
那一只只背篓里满是生活乐趣

也背满了悦耳的乡音
我的眼里撒开了一张网啊
捕捞着明妃村久存的香痕

大 宁 河

大宁河，你是充满忧郁的少女
漫长的青春期盼来了千百条小溪
古朴与真诚永远不会孤独
老船公常和你共济着路的崎岖
也许你有很多很多历史上的委屈
常常生活在云雾里
人世间很晚才理解你的感情
可你真诚地等待着岁月
用你急促的步履……

爱情哪能分繁华与偏僻
你的性格就是在峡壁旁养育
内在与含蓄正是东方女性的魅力
登天峰梳洗着你的披肩秀发
龙门峡打开了遥远的希冀

黄牛峡断想

固然礁石栉比，流水急煞
你依然喜欢黄牛峡
用眼睛抒写对这里的爱恋
思索着黄牛山上黄牛的年华

假如爱情像黄牛一样的忠厚
"三朝三暮"步入感情的素雅
我永远成为黄牛山上的人石
送给你耕耘青春的犁铧

在六和塔上望大潮

有了天地、四方之和
宇宙就是一首充满欢迎意识的歌
伫立在月轮山上的六和塔
不眠不休地窥视沉浮的日月

谁曾把东方的猜疑遗落在沙滩上
拾拣艰辛的人拉着潮的起落
纤绳系结着生存的期望
却拴不住天时、地利、人和

……滚滚而来的浪的高墙
滚滚而去的古老的寂寞
钱塘江是一部岁月的装订机
把历史一部一部装订成册

而今，钱塘江成了东方民族的酒杯
喝多少喜悦咽多少忧伤不用斟酌
滚滚而来的青春年华
滚滚而去的人生开阔……

苏　堤

减也减不轻的相思夜
黎明，我与晨阳一起走进湖岸长堤
谁知你是苏堤里的一枝杨柳
还是一枝桃花与平湖相邀
去组装春天，穿着一双踏青鞋

你在路旁正剪裁着苏堤的春晓
运走了一潭寒月
六座石拱桥是用诗来筑
我们才在桥上重叠

我眼里留住了你俊俏的柳叶眉
和眉下一潭迷人的春月
才从苏堤走向充满生机的旷野
携带一组初阳台上的遐想
将迎着纷纷扬扬的北方雪

雨 花 台

哪次云光法师感动了天神
落花如雨，成了雨花台
岁月总是一半晴朗一半阴沉
一阵风雨刮来了一阵默哀
长江留给东方的艳丽
每一块鹅卵石都赋予了神奇的彩色
梦的显影化为清醒的幽思
山也吃斋，树也吃斋
好一片郁郁苍苍的青黛
总是邪恶者欺辱英才
英才又给我们一表安泰
好揪心的思索
带走几块玛瑙石化为心头爱
英雄的门向着太阳开

孟姜女像

深情幽怨的眼睛
向着大海永不平息的波澜
那是用泪水汇成的清泉
世世代代一尘不染

忐忑不安的双眸
心腹事使你代代不肯睡眠
与其说你是遥看丈夫的容颜
莫如说你眺望道德的山岚

要不是人民给你增加感情上的色彩
怎么会有这么多的人对你爱恋
每当列车在山海关停息
哪个旅客不把你请到他们的心间

李清照纪念堂

"几点催花雨"
遮不住你绝妙的清唱
我看你依然对泉梳妆
是春色深，漱玉泉边香未消
一曲"菩萨蛮"轻敲泉城的小窗
还是云雾浓，趵突泉旁接出来
一曲"声声慢"醉了游子的豪爽

我知道金线泉日日夜夜
都在为你编织着人间的炎凉
你是否孤苦伶仃地在明窗独望
看当代人怎样成双成对地走向小巷
历史的脚步就是这样匆匆忙忙
踏破了你的凝思，你的遐想
你眼前依然是一片永不苍老的骄阳

石林节奏

兴奋拉着新奇
喜悦伴着惊骇
匆匆而去匆匆而来
脚步在石林中分不清年轻年迈

是感情有了久久的等待
才急切切地扑到石林的胸怀
人生有了飞翔的翅膀
才觉察出生命也会有盛无衰

飘浮的意象是古老的梦幻
凝固的石林才是现代的风采
岁月早已把石林雕塑
才和你有同样的千姿百态

不想在五老峰中吟诗雅坐
不想在灵芝峰下沉思徘徊
还有剑峰池，还有落雁石……
阿诗玛风姿绰约地走出来

昆明西山

卧佛寺、金刚塔、美女山……
人间烟火稀薄处也起伏着祈盼
眼前是童话编织的峰峦
岁月的泉把滇池滴满

谁看了都会惊叹，妒忌
缥缈的梦萦绕着思念
缠缠绵绵的路好个弯曲
看半池渔火，送几行秋雁

花 溪 河

从石头的故乡流下来的水
再弯曲也不会遗失刚劲与清澈
从古老的贤明走进爱的领地
才使溪水映着艳丽的花朵
进行一次冷静的青春思索

你本是龙宫的宠儿
为何还要摘一个黄果树的果
赤诚地走你颠簸的路
每一块石板，每一株冷杉
都会把你的脚儿划破

我是赏心悦目你的风采
把梦影也丢进了花溪河
你属于幽深，属于缠绵
北方人用豪迈的脚步
丈量着你感情翻滚的浪波

海 瑞 墓

是瞻仰，是凭吊，还是肃然起敬
椰林排长队呼唤你的姓名
是凝神，是思索，还是静耳聆听
让我们去探讨，听一曲历史的清音

假如瞻仰者的心都有一炉香火
对"海青天"一定虔诚
墓门牌坊上的"粤东正气"闪闪耀耀
南海的晴空正旋转着清凛的月轮

乐山大佛

佛是一座山，山是一座佛
眼前是泥江，青衣江、大渡河
历史，你镇住了多少水患
流失了多少岁月的蹉跎

你的头冠葱郁惯了
彩色斑斓的季节均是你的同伙
七米长的双耳垂肩
聆听着人世间的福福祸祸

睡去任风雨穿行领悟生命的真谛
醒来眺望巴蜀的烟火
你审视人间山外有山
人间审视你佛外有佛

从来不回首往事
一千多年雍容有你独特的思绪经络
你该谢恩当年凌云寺的海通和尚
肩上担负起历史赋予你的重荷

圆 明 园

圆明园、长春园、绮春园
紧相毗连地接待历史的来客
年年在此含辉澄心
岁岁在此饮辱婆娑
尽管山泉湖沼依然健美
感情依然在旅游者的心中撩拨
什么是"蓬岛瑶台"的原貌
烟雨楼中灌满了萧瑟的月色
记忆永远不会苍老
岁月也不会省略寂寞

人生是胡琴上的两根弦
一根是攀登一根是沉默
韧性就是那把琴弓
拉出来多少阴晴圆缺
我们不再去敲响镶嵌在珠玉的挂钟
可我们必须有一个民族感情上的清澈
走进来的可以茹古涵今
走出去的定会奋发地开拓

月 亮 山

本来你在美女山群中并不漂亮
总招来一双双远投的媚眼
为了躲避上苍的悲苦，久来这里
高居在漓江岸边，心依然不安

编织人间喜怒哀乐的童话
一会儿残缺，一会儿浑圆
你把幸运之光送给谁呢
一会儿上弦，一会儿下弦

宠儿的窥探总会有世俗的偏见
最可靠的还是书童山
书读多了，尽管心灵上有些空旷
可它每到黄昏总给你佩带翠环

孤　山

请不要向我表示你的孤单
梅屿好一片迷人的容颜
从遥远北方来的寒客
刚刚和林和靖下了客船
领略了你的黄昏暗香浮动
梅花处好喜悦的凭栏

南来北往游人的荟萃处
都想在放鹤亭边卸下征鞍
写下对你的深情对你的眷恋
清幽与典雅何必修饰
在文澜阁，在秋月湖⋯⋯
具有东方女性的虔诚

你领我去看望秋瑾女士墓
穿一件藕荷色的单衫
沉重的脚步图写着你的寓言
我真希望你陪着我的欲念
去断桥残雪处
苦读九州方圆

古栈道遐想

龙的传人常常是化险为夷
古栈道高悬在断崖绝壁
还有什么比你更富有神奇彩色
开辟着悬空的路梯

你连接着古老的文明历史
记录着中华民族遥远的步履
世界上没有绝人之路
只有充满智慧而又苦涩的遗迹

假如今天我们有超天的毅力
生活与理想衔接在一起
大巴山将会接待多少游人
欣赏着小三峡里的神奇

回 音 壁

假如华夏的土地都是回音壁
有院有墙也能听你的信息
我就不会在九龙柏旁幽古
在祈天殿望岁月
声声呼唤你的名字
超音波能否震荡你的心壁

假如你的心壁上刻满了记忆
一条幽深的路是喉音序曲
抒发着你的开头的艰难
你该打开心中的回音壁
在正南方说几句超越空间的心里话
北方的大山就是我的耳机……

潮 与 岸

每一次意念的海潮
都会把岸的虔诚紧抱
黄昏把海岸线滚动的秘密
化为女性的呻吟惊醒了岁月
孤岛绝不会在此逍遥

鹅卵石是久经孕育的爱之子
退潮后才露出它的成熟与俊俏
谁会拾走孤寂的渴望
大海飘走了一个甜蜜的忧伤
红日起来进行爱抚的辉照

相聚过后为何又要分离
分离时节一个哭泣一个紧靠
丢下那么多的贝壳，海螺，海星星
生命的进程就是一种冲击
灼人的海岸又一次等待明宵

中 海 滩

谁到此都想撩开心灵中
垂久了的帷幔
躺在坦坦荡荡的海床上
舒舒服服地栖息人生的恩怨
大海一次又一次地拥抱你
才觉得自己是一只远征的帆
你一次又一次地追捕大海
才露出了金黄色的梦幻

自由的领地有着轻盈的线条
感情上的风摇曳着旅途上的矫健
海岸线上露着爱的坦诚
莲蓬山中遮掩着路的辛酸
连老虎石都温顺地闭上眼睛
听久别相逢后的彩色斑斓

没有人际关系的垂钓
没有你争我吵的弊端
双双对对，老老少少
敞开心灵上的门闩
游泳圈圈住了人间的炎热
也圈住了过眼的云烟

致日光岩

我把恋情凝固在日光寺
那里的爱可以"鼓浪洞天"
我的贮存期是八十年初
今天才开出火红的杜鹃

你在那里寻找我的足迹
携带你的青春漫步鹭江边
用忠诚抒写心灵的诗句
不怕诗绪的蜿蜒

多年来，我寻找诗婵娟
不怕月缺星残
已近视了，我仍在日光岩上瞭望
大海馈赠我一条船

你是从西湖边提一篮忧郁走来
遥远的路并没有失掉夙愿
当你张开双臂向我扑来
我打开了诗的门闩

泉城与泉山

我有长白山群泉，你有七十二泉
岁月留下了多少思绪的斑斓
好像几千里长的地下大动脉
跳动着峥嵘岁月的恩怨
流淌着泉城与泉山的姻缘

我们都具有开拓的气质
心中的海才有不惧风暴的征帆
我有卧虎岭，你有千佛山
生活给我们思索，给我们启迪
重峦叠嶂里居住着山东大汉

你那里是故乡，我只是籍贯
山东与关东有难以分割的眷恋
再耿直的树也会被思念压弯
连跑进关内的火车头
进了天津总喜欢拐向济南

泉城，你是意志与智慧的摇篮
摇醒了多少闯关东的岁月
关东具有庄严的正传、别传、外传……
女性千姿百态的妩媚
都欢喜剽悍型的男性泰山

橘子熟透

看湘江，领袖是否还在击水中流
走长岛，橘子已经熟透
眼前展现了多少峥嵘岁月
一页一页地翻着革命春秋

不尽湘江滚滚流啊
长岛今日更清秀
多少情，多少爱
恰似枫叶知寒秋

看对岸，满城楼房披彩绸
走长桥，征途驿站加满油
走啊走，起步在橘子洲头
为祖国我们迎接新的腊子口……

榕 湖 夜

榕湖从不遗离真诚的红土地
一腔桂花情飘逸在相聚的朝夕
都珍惜清澈，喜欢隽永
曲桥再弯弯也会知此知彼
已被漓江水灌醉了的惬意
何必倾诉浪迹天涯的险夷

燃烧的凤凰树

不依附于多情的季节
把殷红寄托给自己的抱负
你本是太阳的女儿
为何做了月亮的遗孤
是不是看多了人间的疾苦
赤诚的眼睛注视着海南的门户

绿丛掩盖不住你的高洁
婀娜多姿的南江少女的风度

火红的年月，你不甘寂寞
云儿染红了古老的记忆
风儿梳理着心灵的热度
你依然不顾别人的嫉妒
勇敢地奉献，超然地燃烧
把根深深地扎在南国的热土

假如我要从大海走向你
你就是岸边火红的瀑布

黄鹤楼寄语

深秋，我长满青春的鹤翎
千里迢迢地飞到龟山蛇岭
在莽莽苍苍的人生旅途中
我已跨过了第三十个生命的里程

祖国赋予我有力的翅膀
从冻结的云层飞到了黄鹤楼顶
使命，使我越来越离你遥远了
常回首，向北方鸣叫几声

是不是你在冻结的小窗旁聆听
天上只有霏霏的雪声
毛线团滚动着你的思念
扯也扯不断你的赤诚

明天我就要向西飞去
飞越葛洲坝，飞越荆门
栖息在香溪河畔
去寻找岁月遗失了的夜莺

我耳边还萦绕着你的呼唤
和别时那双潮湿的眼睛
今宵我借古琴台上的幽歌一曲
送你进入甜蜜的梦境

第五辑

新时代的中国老年人

老马识途

老马的德行是倔强与厚道
在主人受难时刻才显示他的骄骠
与老马结为朋友
人生的征途一定会有吉兆
古代齐国的齐桓公
在征伐胜利后失路了
在山沟里转来转去饥渴难熬
还是管仲智慧过人
绝路逢生者还是老马

只要是老马前蹄腾空呼啸
那是告知主人
远方一定会有人间正道
识途者不一定都是老马
老马者却一定为主人识途
几度春秋岁月的行走路遥遥
路遥才能知马力
只要你扬镳

手杖老人

默默无闻地固守宽厚
宽厚被晾晒没有巢居
憧憬总在寻寻觅觅
孤独却摔了一个筋斗
与拐杖结为伉俪

一生的坎坷，一世的崎岖
征途的文字是一部潮湿的传记
一瘸一拐的步履也有阳光的期冀
夕阳正向拐杖老人吹着竹笛

完 美

初恋是新鲜对新鲜
陌生对陌生，一种独特的品位
一见倾心，总有一天会疲倦
连自己都很难了解自己
人的内涵本来就很奥妙，很深邃

还是先把石璞磨炼成翡翠
然后再绚烂于你爱人的中指
还是先把铁观音放在杯中
然后再用开水浸泡成芳菲

完美需要一生的磨炼，一世的净化
安格尔《泉》中女人肩上的陶罐
有流淌不断的完美
断臂的维纳斯更昂贵

追 梦

我的梦在昏暗中起锚
航行在苍茫大江中刚刚解冻
跑冰排的季节在撞击中穿行

远方的巴彦港正闪烁着航标灯
仿佛那是明明灭灭的萤火虫
故乡的港口上思念朦胧

我的梦丢在归乡的航船上
航船摇摇晃晃追逐着我的梦

守　望

到了晚年仿佛也开了一扇
孤独的小窗
冷月正注视着繁忙的小巷
川流不息的人群很陌生
只有靠墙根的几位老人熟悉的眩晃
我的宁静是不是久违了
仿佛心中悬空一张蜘蛛网
网络着飞来小虫缠绕着忧伤

也许是衰老了
岁月的进取有些发黄
辛弃疾的孤独能够"蓦然回首
　那人却在灯火阑珊处"
王之涣的"一片孤城万仞山"
一万年也会高远苍茫

辛劳总会有补偿

从辛字抽丝出来的淬火
焊接成沧桑无恙
从劳字冶炼出来的筋骨
行走在路上也硬朗

人生的征途有辛劳铺垫
再崎岖的路也会坦荡
辛劳是生命无私的补偿
在哲理的缝隙中也会辉煌

老云接驾

老云接驾
一世的红尘拧成鞭子
也抽打不住瞬间的落霞
一生留下几百万的文字
沧桑了，也是一种寿的序跋

落日瞪大眼睛微笑了
有情有义的述说
生命就像一株树上的落叶与抽芽
有萌生的寄托，也有枯萎的期冀
来世我愿与你青梅竹马

从叶片上掉下来的眼泪

老天突然暴雨来临
树上所有的叶片
掉下来连珠似的眼泪
枝丫说：这是积怨
树根说：这是感恩

白头偕老，真好

——写给妻子孙峰

咱俩都是松花江边出生的北方人
一个是上游，一个是下游，百里波涛有缘结亲
在八十二支蜡烛点燃之际
红酒滋润我心中枯木逢春的繁茂

在未进大学门槛之前
我就相中了你，爱恋你的俊俏
你的爽朗，你的质朴
那迷人的眼神，让我心跳

从青春期起直到今天
爱情已有了六十年的漫长跑道
清纯、专一是你真爱的内涵
冰清玉洁、谈笑风生是你的外貌

尽管岁月给过贫穷、艰辛
但一生都和歪门邪道绝缘
真爱之根扎得越深厚
情欲之花开得就越娇娆

生活、事业、爱情

这三匹马拉一辆家庭的车
他们并不是全都马蹄齐整
沟通节奏均匀还真有点人生哲理的味道

我的毛病也使你有过怨气、牢骚
可你心中有我，我心中有你
坦诚的交谈，宽容就成了和解之桥
心灵上积满真诚，生命就不显老

现在，你我进入八十开外的年龄
仍然成双在健身广场、林荫小道逍遥
成对地去商场、菜市场购买欢乐
实现结婚时的誓言："白头偕老"

咱家窗台上还常有野鸽子、麻雀飞来飞去
吃你专为它们供给的多品种佳肴……
天天飞来的是信任与安全
月月飞走的是喜悦与神交

你头发白了，白不了那颗善良的心
我牙掉光了，仍然把欢乐咀嚼
每天你催我刷牙，烫脚
相互关照，携手到老，真好

晚年，你把亲情分散给儿女、孙女、外孙女
为了迎接他们回家早就包好三鲜馅水饺

在冰箱里冻着
等待归来时把团圆吃饱

作为妻子，你是出淤泥而不染的荷花
作为母亲，你是为儿女成才而燃烧的蜡烛
作为奶奶、姥姥，你是一棵树
枝丫上总有两只小鸟快乐地鸣叫

这点点滴滴的关怀
已被神灵之光笼罩
修身而至的福，在人间路上缓慢行走
在天堂上的老友亡灵都说：晚来更好

虽然与天堂只有几步之遥
这几步也要牵手行走人间乐道
那飘来的冻雨淋着一把伞
肩膀与肩膀温馨地紧靠

亲朋好友、邻里邻外都夸
成双成对的健康长寿，真好
在悠闲中守护着最美的夕阳
相濡以沫，真好，真好

落叶归根

落叶是岁月敲响的铜铃
敲醒了生命来去的梦境
归根是高空飞翔的候鸟
降落在属于季节的沙汀

那扬扬洒洒的叶片
不管它是绿是红是黄
带着忧伤的情怀寻找归宿
仿佛岁月之梦突然猛醒

脱光了树干还能期待绿叶萌生
可人老了可否归回岁月的绿荫
阴晴圆缺是否有情有义了
可否再做一次花开花谢的美梦

归根了,那也算是人生最后上的醒悟
能育我的故土,省去国忧乡愁
归根了,我也会情重心澄
子孙后代的那片森林正迎着岁月的风

忍字者说（一）

忍是一个很淬励的汉字
那叫心字上边悬着一把刀刃
刃上那一点要是没了
鲜血就要无奈地流出灾祸

忍是睿智者的前沿阵地
是远谋者的避难所
忍是刚柔和体的融合
是耐性等待，冲锋前睡眠之歌

忍是坎坎坷坷的人生的小路
也是弯弯曲曲征途的大河
忍和宽容和谐做邻居
为厚道人老实人建筑楼阁

有时欺人太甚，忍无可忍
忍字又是一把重锤
和谐不是只有盾没有矛
重锤同样能把邪恶砸破

忍字者说（二）

忍字像从山上流下来的桃花水
潺潺地流淌着仁者的欣慰
忍字也像一座水库中的巨坝
超水位时也会开闸放水

忍字可以作为家规、国策
它的宽容不是软弱，不是不分是非
尽管有浑水摸鱼者，有虚张声势者
忍者也具有惊天动地的霹雷

院子也可称为国与家的门扉
敞开着，进来的是友谊与机遇
关闭着，驱出的是恶言和飞语
他有能力战胜称霸者的合围

忍是孔明摇动一把羽毛扇
在辱的低谷煽风点火
在荣的高端擦汗乘凉
在刀光剑影中悠悠驰过

忍字的笔墨可以小大悠之

张贴墙上可以警示人们未雨绸缪
在经典古训的大鼎中
忍字是强者，胜者，镇守着岁月的和平

深秋的落叶

我坐在阳台里看窗外桃李杏树
一夜间相貌突变得很瘠癯
叶黄的好清瘦好枯萎
片红得好斑驳好委屈

那飘飘洒洒的落叶
向我呼吁
时钟敲击着季节急速行走
在我心地上落满一片忧郁

是昨夜凄风催你下岗
你已经完成了枝繁叶茂的成果期
生命的兴衰就是如此无奈
迎接你的是大雪的寓意

是昨夜苦雨真切地告知你
世界上没有永恒的绿荫的哲理
阴晴圆缺也有彩色的变迁
丹红了，橙黄了，也是谢世的欢愉

窗外，桃李杏树挺立着向我示意

生命的季节期有欢娱也有叹息
飞扬的花絮与飘落的枯叶
都是生命中的离情别绪

落叶归根了，归根了
有归家感觉欢歌笑语
归根了落叶，落叶
风流一年的文章写完了，该做个季节小序

北方的五月

北方，在春夏交接的季节
老天爷喜怒无常，颇有偏激
"雨"字下边突然加上个"彐"字
雪就纷纷扬扬地落在四月末的"谷雨"
在北方，寒冷多么贪婪
吃掉了"谷雨"的绿意

未等几天，就"立夏"了
北方的五月，太阳直转弯，热得发烫
窗前、房后梨杏花瞬间绽放了
公园、小区、十里长街，万紫千红
我这块沧桑的心地里
也萌生出一片片新绿

秃 顶

是睿智拔毛把你弄成了秃顶
仿佛是球场平滑的草坪
憧憬猛跑踢球
毅力拼命守门
突然射进门的是光明

何必，何必老戴着帽子
遮盖秃顶上一片轻盈
皮下还隐藏着脑白金
小孙儿在你怀中抚摸你的头顶
说："爷爷，我也要秃顶！"

老劈柴者说

往日在山村的房屋前
一个个劈柴者
把木场报废的木材砍断
拉在家堆成墙垛
轮转着一百八十度的大斧
把木墩瞬间劈成两瓣
一瓣是无奈的刚毅
——去温暖一家人的分分离离
一瓣是苦涩的坚强
——去燃烧生存的忧虑

这些劈柴人已进了耄耋之年
可他们的儿孙已进城
寻找新的人生价值去了
他们的肋骨依然硬朗可人
去轮转三百六十度智慧的板斧
把一个个老旧的棚户区，劈成两瓣
一瓣成了经济开发区
——一座座厂房前后有序的林立
一瓣成了风光无限的花园小区
——自己家人在此有了户籍

劈柴人可以劈天劈地
天与地太近了
就会产生惊雷暴雨
劈柴人可以劈穷劈富
穷与富如果差距太大了
板斧能造福音也能成悲戚

耄耋者说

在耄耋者晕花的眼里有透明的世界
透明的世界里有彩色纷呈的路
走直了，颇有成就感
走弯了，也不会翘仵
在耄耋者迟缓脚步也有快速的醒悟
这种醒悟迎来的却是沉浮的孤独
沉下去的是几分遗憾
浮上来的是几分眷顾

真诚者说

真诚是一块没有污染的黑土地
掩埋在深处也会盛长姹紫嫣红

真诚是一块被人性复苏了的石砚
研磨良知挥洒人生的情感

豁达者说

豁达像双手紧握的双桨
在人生的运河中摆渡哀乐
飘逸像手中放飞的风筝
长长的生命线系结着耄耋者的儿女情长

阴雨连绵时，豁达就是一把伞
撑住了人世间的炎凉
阳光普照时，飘逸就成了柳絮扬花
飘飞着心灵上的舒畅
也飘飞着生命的期望

村头那棵老柳树

直立一百多年的老柳树
在树头守望过几代农夫犁杖耕耘
辙印重复着沧桑，碾轧成皱纹
年轻了又苍老，苍老了又年轻

很寂寞，没有人在此谈情听鸟鸣

老妈妈与孙女偶然也在柳树下遮阴
年轻人早已离开老村进城打工去了
村中房舍都已翻新
老柳树，在深秋却有些秃顶

很孤独，断了多年的敲钟声

小石子与麻将

小时候喜欢拿石子打水漂
投出去的就连着一串喜悦
人生很多事业投出去就回不来
沉入河底是石子的终结
晚年又喜欢打打小麻将
每一张牌都有不同的人生面孔
抓来了一张是迟缓的憧憬
打出去的一张是失落的怯懦
石子与麻将都是小小的玩意
连接人生感情起伏的巢穴
打石子时脚底踩着强者的潮湿
打麻将时手中拿着渴望的欢惬

期望之屋不允许孤独居住
孤独之门却可以走出期望的岁月

红白喜事

红是喜事，白也是喜事
红与白都需要礼仪
这是两根绳
拴绕着生命旅途的记忆

白事有哭声，是寿的终点
红事有笑语，是福的起程

活着就要为新生命筑巢多送燕泥
死的祭礼也是寿的安谧

旧社会小喇叭吹得火爆与忧伤
新时代红白喜事成为人生的洗礼
要为红喜事煮豆
也要为白喜事燃萁

排穷与排富

四十年前我排队买大白菜习惯了
连同凭肉票、蛋票、粮票、布票排队
排长队不觉岁月催辉
弯弯曲曲长队中
怨言、无奈、劳累也曲曲弯弯
排穷久违了，积累了人生的五味

今天国家富了，富家人也多了
都市高楼林立，道路拥堵
大汽车小轿车也排起长长的队
这是排富，排的有品牌，也有疲惫
相向而立，当然令人敬畏
向背而行，违规的也很自愧

排穷与排富
是人世间一道道风景线
很容易唠叨
也很难宽慰
富与穷是哲理中难以搬动的错位
穷与富也是道德上探索不尽的深邃

耄 与 耋

人渐渐变老是很自然的事
可一说到耄耋之年就吓了一跳
遇见这个陌生的汉字，形与音
总觉得独特而奇妙

"毛"与"至"上边都加上个"老"字
耄就成了老迹斑斑，秃顶没毛
耋就到了生命的十字路口荆棘丛生
步履——不知有多少

鞋底磨破一世残存的遗憾
兜中装不住一生的唠叨
淡淡幽幽地在天上购买阳光
摇摇晃晃地在地上出卖善道

泰山上佛家为耄耋者祝寿身披袈裟
崂山上道庙为耄耋者祝福香烟袅袅
耄耋者多了，是负担，也是长寿的福地
所有的湖泊湿地都有落脚的仙鹤

"了"字歌

生命的时钟就是"了"字行走的过程
用"了"的双脚一左一右地走得太长太多了
孩子生了，上大学了，工作有了，恋爱了
有名了，寂寞了，有病了，死了
衰而不老是了了甚少
老而不衰也是不甚了了
珍惜生命，就得珍惜旷达与神怡
飘逸是真善美的洗涤剂
旷达是老者缓慢的摇摆椅
了啊了啊——变成了摇啊摇

人渐渐变老是自然而然的了
就像一株苞米棒
在岁月的晚秋收走后
剩下的苞米茬在冬天的土地里扎根了
等待明年春秋变成了肥料
和永恒的土地结成一体，为后生助长
你就算老也有所获了

"了"是最初生命诞生的出路口

"了"是事业成功完整的坐标
"了"是一条喜悦与悲伤的大道
"了"是生命终止沉重的句号

从黑夜到黎明

从黑夜到黎明，一夜间
我走完了一生的路程
所有的梦境都被日月晾晒过
晨钟暮鼓敲打着最后的星辰

一切功劳与过失都被药水浸泡过
用火煎熬着，煮沸着人间的苦乐
命运像一堆柴火等待燃烧
无奈、折腾，不知所措的环境

从黑夜到黎明，一夜间
一半是睡意蒙眬，一半是睁着眼睛
睡去的是芦苇塘中一片苍茫的寒意
醒着的是荷花池里绯红的香情

一切欢乐与忧伤都在土地里萌生
阳光与大雨交替撰写自己的姓名
黑夜打个滚，看你羽翎是否轻盈
黎明翻个身，把孤独压成零

感谢你的对立

假如对方有七分敌意
就该从敌意中分解出七分睿智
耿耿于怀已被旷达驱赶
学会跋涉就要挑战机遇

没有阻挡的行进不叫征途
有"征"才有"途"的契机
有对手才能使灵魂有更多的警示与启迪
激励奋不顾身的崛起

张目盯盱，惊视瞿瞿
雷雨欲来，你该学会驾驭
在苦痛中萌生毅力
在危难中远思近虑

感谢对立，感谢你的敌意
让我在摸爬滚打中淬砺
生存不要有太多的蜗居
在跌倒中学会立于不败之地

洗浴无恙

那清澈见底大池塘
用热烈语言在表白
老同志快进来泡一泡疲劳
再一次清洗你心中的欢畅
生命就在清洗中走向无恙

每一个淋头下都在等待你
泼洒温热的清泉
冲激你一生征途中坎坷
也冲激着你一生步履辉煌
迎来了晚年吉祥的时光

历史与人生都会在池塘里浸泡
征途与记忆都在喷头下流淌
服务人员在背后默默地服务与站岗
你们在一起谈往事说时局道晚年……
洗浴中心用水辉映最美的夕阳

红黄绿青蓝紫都在谈笑中

一切薄厚都要积淀良久
淬火、冶炼、敲打、锤炼……
诗书礼仪才彰显本色
百年磨研出百年灯
磨刀不误砍柴工
神来之笔，断不了，不了情

一切清淡都要睿智饱满
情窦初开，清水芙蓉，淡雅轻盈
青山绿地自有白头意
余生中也会有醉人的杏花村
情也悠悠，意也卿卿
红黄绿青蓝紫都在谈笑中

叶 与 根

根在幽暗中咀嚼泥土营养自己
叶在阳光下袒露彩色的寄托
树干是叶与根穿梭的血管
流淌着耿直性格，流淌着弯曲亲和
期盼树丫间有个安详的鸟窝

叶深知根的情切
伸延根须像伸延它的苦乐
季节怎样变更它的脸色
手足之情从来不惧风尘仆仆
根与叶在天上地下对酌

根永远不离不弃无语的泥土
叶永守有摇有晃有声的贤哲

不 了 情

好好舒展一下好心情
心情有翅膀在夕阳下拍打着安宁
好好收藏一下好记忆
记忆是铁锤，在驿站石板上敲打着意境
好好修理一下好憧憬
憧憬会腾飞，在遥远的山顶上俯视老鹰

人变老，是晨钟暮鼓敲定了的
岁月有情，但无力让新陈代谢拐弯
人生下来就忙忙碌碌
耕耘生活是社会起的大名
夜以继日地操劳家务
永不停息地奔走来往人情世故
鞋后跟一双双都磨偏了
摩擦出岁月中多少不了情

唠唠叨叨

陈芝麻烂谷子被岁月之酿
酿成浓酒被老人喝来饮去
能把沉睡一生的路途唤醒
听者感觉古老，说者觉得心愉

老者的唠叨总把亲人牵挂
社会忧虑捆绑在一起
千丝万缕的话题是他一生耕耘之果
总想把唠叨送给摇摇晃晃的期冀

唠叨有时也会出现警人的佳句
嘴里咀嚼着一生的酸甜苦辣
唠叨是把犁，耕耘着生命的记忆
记忆是一条河，流淌着离情别绪

秋实感谢春华

秋实感谢春华
海角亲近天涯
把所有的彩色献给人类
山峰、江河、绿地、沼泽……
处处都有它的家

草丛中有蝈蝈叫春
池塘里有颂月赞星的青蛙
花朵上有蜜蜂采蜜
树林有乌鸦筑巢在枝丫

土地之魂生生不息
风雨之情悠悠对夸
种豆得豆，叶与根的品格开阔
种瓜得瓜，因与果的步履高雅

生 与 死

在生与死交错的季节
一定要在生命终结之前坚守

风的速度依然有声无形的横吹
云的飘逸依然有可望而不可即的逗留

生是道德经中萌生的蓓蕾
死是价值观中最后一次重叩

道 与 乐

一株小草，每夜获得一滴雨露
这是天之慈祥之道
才有茫茫葱绿之乐

一只蚂蚁搬起比自身重十倍的果实
这是地之勤劳之道
才有一地安居之乐

一座大山养育了一大片森林
这是山神修炼之道
才有人世间郁郁葱葱浩渺之乐

一条大河灌溉了两岸的庄稼
这是水仙及时运送安详之道
或雾，或雨，或云善于乔迁之乐

一座孔府庙前有双狮守门
这是儒家巍然之道
多少孔子学院学员来此取道为乐

一座寒山寺游人拥拥挤挤

外宾内客为一首诗称道
专听夜半钟声诗意之乐

一个民族都有自己的梦想、图腾
这是繁荣信念之道
才有烧香叩首敬祖之道

道是两条腿走路
左腿是天意的拐杖
右腿有睿智的支撑

道是两只眼睛看人世
一只是阴，地则晦暗
一只是阳，天则光明

明与暗，刚与柔，生与死，动与静……
一切混沌之象去找《易经》
厚德载物，人生才更逍遥

道之道，其道有影无形
乐之乐，其乐有形无影

易 经

备受青睐的易经从汉代到如今
都是代代人采撷的香蒿
它是大道之源盛开睿智之花
它是大德之地结成的仙桃

有人说易经是天书
八卦图弄得晕头胀脑
有人说易经是民谣
讲解后都点头称好

它有避凶、防恶、免灾之盾
它有扬善、纳福、迎祥之矛
六十四卦、三百八十四爻理深字奥
军政商学和草根族群都想过易经的桥

"易则变，变则勇，通则久"
可以革故鼎新遇险而不惊
可以审时应势顺天应人
可以有随心所欲之灵效

智慧之源永不枯萎

策谋之根永不衰老
它是人事、家事、国事之灵丹
天地、阴阳、刚柔、动静的嬗变也逍遥

修身养性人生之花
永远开在易经章节中香飘四季
厚德载道伦理之果
永远在易经的行间里视为珍宝

我读易经有似懂非懂空旷之玄
我读易经也有相依相恋亲和之妙
每位人生都有自己的门道
自由地出出进进，迈开你的双脚……

心旷与神逸

心旷是老者手中放飞的风筝
放飞雅量，放飞清香
升升降降是平衡寂寞与孤独
高高低低是坚守年华的无恙

神逸是老者手中紧握的双桨
摆渡福禄寿未落的夕阳
安安静静居住的是盛世年华
悠悠晃晃行走的是岁月长廊

忧患之花

未雨绸缪是耄耋者萌生的忧患之花
近喜远虑敲打着老马识途

因为走过太远太长的坎坷路
记忆之门开开关关总是醒悟

当今的世界并不太平
走复兴之路就要含辛茹苦

耄耋者在忧患的花间行走
一手拿一把铁锹，一手提一瓶清酤

收 敛

聆听雷的哭声
细看雾的积怨

风在傻笑天空的污染
太阳躲在暗处窥视大地的苦脸

当今，环境污染太重了
不要让收敛擦肩而过
收敛浮华，收敛恶劣的习惯
不要认为收敛会潮湿了开放的胆量

收敛是一根硬骨头
这是大自然给予的预言
收敛是幽暗房间里一盏智慧的灯
提防险夷，照清内忧外患

这样的拥抱很珍贵

在母校六十周年大庆之际
我把同班学友聚在我家中
摆了一桌喜庆的筵席
我们都已成七十多岁的老人
记忆让大家又回到大学时代的窈窕

有一位同窗女学友走到我跟前
突然伸出双臂，深情地向我拥抱
在学友众目睽睽之下
我的妻子、她的丈夫都在身边
拥抱得那么坦荡，仗义，执着

我矜持，我惊喜，我心跳
她说，少女时代第一个爱慕的男人是你
可后来得知，你已有了女朋友，并且在远方
我就戛然而止，隐秘在心底

你并不知晓
现在我与丈夫相濡以沫快乐一生
你与妻子一生快乐，白头偕老
到了晚年，我仍然保存着这份真情

在人生那即将谢世之年，让你知道
用这拥抱画上个珍贵的句号

为了这句号，你埋藏了五十多年来的隐秘
为了这句号，你赶路，千里迢迢
清纯醉了，崇高
坦荡就会很矜骄
执着有了慰藉，就不怕岁月的苍老

《长白燕》

长白燕从天池水面，瞬间
像子弹头一样射向十六个山峰
又俯冲下来拍打你的羽翼
在山峰的石缝间有你的巢居

五十二年前我曾出版第二本诗集《长白燕》
那时我对白山林海的爱恋，激情横溢
走遍了多少个伐木场，坐过无数次森铁运材车
又在瀑布下，天池水淋透了布衣

那个年代上天池艰难而又崎岖
步履中伴随着原生态的絮语
岳桦林扭曲着坚强向我敬意
林场的火炕上解除了疲劳，释放了欢愉